Le fruit de leur passion

LOUISE FULLER

Le fruit de leur passion

Traduction française de
REBECCA LEBLANC

AZUR

HARLEQUIN

Collection : Azur

Titre original :
PROOF OF THEIR ONE-NIGHT PASSION

HARPERCOLLINS FRANCE
83-85, boulevard Vincent-Auriol, 75646 PARIS CEDEX 13
Service Lectrices — Tél. : 01 45 82 47 47

www.harlequin.fr

ISBN 978-2-2804-4060-8 — ISSN 0993-4448

1.

Réprimant un bâillement, Lottie Dawson écarta le rideau de sa chambre pour jeter un coup d'œil par la fenêtre. Le jardin était encore plongé dans l'obscurité, mais elle pouvait entendre le rythme régulier de la pluie qui tombait sur le toit.

Elle tourna la tête vers le réveil posé sur sa table de nuit. 5 h 30. Bien trop tôt pour se lever de façon générale, mais plus encore par cette froide et humide journée de novembre. Pourtant, pour une fois, les habitudes matinales de sa fille de onze mois l'arrangeaient plutôt. Aujourd'hui, elles prenaient le train pour Londres.

Lottie se dirigea vers le berceau où Sóley se tenait debout, le visage auréolé de boucles blondes emmêlées, mâchouillant avec application son ours en peluche. À son approche, sa fille tendit ses petits bras vers elle. Lottie la souleva et serra son corps encore chaud de sommeil contre le sien. Comme toujours, son cœur se gonfla d'amour. Sa fille était si belle, si parfaite. Elle était née en décembre, le jour le plus court de l'année, aussi lumineuse que le soleil qui avait alors fait une apparition inattendue, comme pour célébrer cette naissance.

— On va te faire un biberon, murmura Lottie, le nez plongé dans le cou de sa fille pour s'imprégner de sa délicieuse odeur de bébé.

Au rez-de-chaussée, elle réprima un soupir d'agacement. La cuisine était un véritable capharnaüm. Une poêle avait été abandonnée dans l'évier tandis que les reliefs d'un sandwich au bacon traînaient dans une assiette au milieu d'une table pleine de miettes, sur laquelle trônaient aussi une boîte à outils ouverte et tout le matériel de tatouage de son frère.

Lottie adorait vivre avec Lucas, et il était tout simplement merveilleux avec Sóley mais, parfois, leur petit cottage semblait trop étroit pour abriter le mètre quatre-vingt-quinze de son frère et sa conception aléatoire du rangement.

— Regarde tout ce bazar qu'oncle Lucas a laissé, chuchota-t-elle à sa fille.

Un bazar dont elle n'avait pas le temps de s'occuper. Surtout si elle espérait être à Londres pour 11 heures. Tandis qu'elle remplissait machinalement la bouilloire, elle sentit l'excitation la gagner. La galerie d'Islington n'était pas la plus prestigieuse de la capitale anglaise, mais elle allait accueillir sa toute première exposition depuis la naissance de Sóley.

Aussi incroyable que cela puisse paraître, certaines de ses œuvres avaient trouvé acquéreur avant même le vernissage. Mieux encore, la fondation Barker avait demandé à la rencontrer. Être soutenue financièrement par une fondation était une étape déterminante dans la carrière d'un jeune artiste. Non seulement cela lui permettrait d'arrêter les cours du soir pour se consacrer à son art, mais elle pourrait aussi agrandir son atelier.

Lottie réprima un sourire en imaginant la réaction de son frère face à tant de pragmatisme. Depuis qu'elle avait acheté le *cottage*, il ne manquait pas une occasion de la taquiner, répétant qu'elle avait basculé du côté obscur en accédant à la propriété. À l'époque, elle lui avait dit qu'elle avait obtenu l'argent grâce à un investisseur privé. Lucas avait toujours ouvertement méprisé ces hommes d'affaires qui voyaient l'art comme un investissement sans se soucier de la démarche artistique. Elle savait qu'il ne poserait pas plus de question. Lottie retint un soupir. Elle détestait mentir à sa mère et son frère, mais elle n'avait pas le choix. Comment leur avouer que c'était son père biologique, un homme qui ne savait même pas qu'elle existait à peine deux ans plus tôt, qui lui avait offert cette maison ? C'était tout bonnement impossible.

Au souvenir de sa rencontre avec Alistair Banon, Lottie sentit son estomac se nouer. Elle avait passé tant d'heures, enfant, à scruter son visage dans la glace pour y déceler les traits de ce père inconnu… Mais avant même qu'il ait ouvert la bouche sur cette aire d'autoroute où il lui avait donné rendez-vous elle avait compris. Tout dans son attitude, sa façon de la regarder, disait qu'il n'avait pas l'intention de faire une place dans sa vie à cette fille adulte dont il découvrait à peine l'existence. Il n'était pas en colère ou même surpris, simplement, ça ne l'intéressait pas. La rencontre avait été courte et bizarre.

De retour dans sa chambre, Lottie entreprit d'habiller Sóley. Au rez-de-chaussée, elle entendit résonner un bruit de bottes sur le plancher. Lucas était levé.

Un court instant, elle se demanda comment son frère aurait réagi si elle lui avait montré la lettre qu'elle avait reçue de son père après cette rencontre. Une lettre qui expliquait à mots choisis, sur un ton poli et distant, qu'elle était une jeune femme très intéressante, qu'il lui souhaitait le meilleur et qu'il espérait que le chèque joint suffirait à compenser ses années d'absence. Comme elle aurait voulu déchirer ce chèque ! Mais elle avait appris sa grossesse au même moment.

Machinalement, elle fit passer sa chemise de nuit au-dessus de sa tête et laissa son regard s'attarder sur son ventre. Devenir mère était si loin de ses préoccupations qu'elle n'avait pas imaginé une seconde être enceinte lorsqu'un mal de ventre persistant l'avait conduite chez le médecin. Un test urinaire plus tard, elle attendait officiellement un enfant.

Une petite fille qui, tout comme elle, ne connaîtrait jamais son père. Elle se demandait encore comment ça avait pu lui arriver. Ils avaient veillé à se protéger, mais tout avait été si intense entre eux, si urgent… Était-il possible qu'ils aient oublié à un moment ?

À l'évocation de cette lointaine nuit de mars, elle sentit son cœur battre plus vite. Jamais elle n'oublierait la nuit où sa fille avait été conçue. L'excitation du moment était retombée bien sûr, mais la mémoire de ces heures était gravée dans sa peau, dans sa chair. Au point qu'il suffisait souvent qu'elle aperçoive une chevelure blonde surmontant de larges épaules dans la foule pour être envahie par une vague de désir qui la laissait pantelante.

Ragnar Steinn.

Elle ne l'oublierait jamais lui non plus.

C'était impossible.

Ça serait un peu comme essayer d'oublier le soleil.

Hélas, malgré son physique de dieu nordique, il s'était révélé tristement humain dans son comportement. Il lui avait menti et avait disparu avant même qu'elle ne se réveille.

Mais ils avaient conçu Sóley et, pour cette raison, rien ne lui ferait jamais regretter leur unique nuit d'amour. Ni les mensonges, ni la déception, ni la solitude. Sa fille était son univers.

Elle hissa Sóley sur une de ses hanches et descendit au salon où Lucas avait allumé la télévision.

— On dirait qu'il va neiger, annonça-t-il. Tu veux que je garde Sóley aujourd'hui ?

— Non, mais si tu peux nous amener à la gare…

— D'accord, mais seulement si j'ai un câlin répondit-il en tendant les bras vers la fillette.

Aussitôt, Sóley se blottit dans les bras de son oncle.

En regardant sa fille et son frère serrés l'un contre l'autre, Lottie sentit son cœur s'attendrir.

— Tu me ferais un thé tant que tu es debout ? demanda Lucas en tendant un petit morceau de banane à Sóley.

Lottie jeta un coup d'œil à la pendule. Si Lucas les conduisait à la gare, elles avaient encore un peu de temps. Elle se dirigea vers la cuisine pour mettre l'eau à chauffer.

La voix de Lucas lui parvint depuis le salon.

— Je crois que Sóley est vraiment en avance sur les enfants de son âge, tu sais.

Lottie retint un sourire. Pour quelqu'un qui ne semblait jamais se préoccuper de rien, son frère devenait étrangement compétitif – et totalement subjectif – lorsqu'il était question de sa nièce.

— Elle regarde les informations comme si elle comprenait.

— Parfait, on sera deux contre un alors la prochaine fois que tu voudras regarder un match de foot, répondit-elle avec un sourire.

— Non, vraiment, insista-t-il, viens voir ça, elle est complètement fascinée.

Lottie passa une tête par l'entrebâillement de la porte. En effet, sa fille était dressée sur ses jambes, le regard tourné vers la télévision, tout son petit corps tendu vers l'écran. Lottie suivi son regard.

Sur l'écran, une journaliste, visiblement aussi fascinée que Sóley, interviewait un homme. D'abord, Lottie ne remarqua que ses cheveux d'un blond froid et son regard d'un bleu perçant. Puis, brusquement, elle sentit son cœur battre plus vite. C'était lui. Ragnar.

Elle avait essayé de le retrouver quand elle avait découvert sa grossesse. Et de nouveau après la naissance de Sóley. Mais ils avaient tous les deux supprimé leur profil sur l'application par laquelle ils s'étaient rencontrés, et elle n'avait trouvé aucune trace d'un Ragnar Steinn sur Internet.

À bien y réfléchir, ça n'aurait sans doute pas changé grand-chose. Si les multiples mensonges de Ragnar avaient eu un mérite, c'était bien d'indiquer clairement ce qu'il attendait de leur relation : une nuit de plaisir et rien de plus. Elle doutait qu'il ait accueilli avec joie la nouvelle d'une grossesse.

Le cœur serré, Lottie regarda sa fille tendre les mains vers l'écran de télévision.

— Qui est-ce ? demanda-t-elle d'une voix blanche.

— Ragnar Stone. Le fondateur d'une application de rencontres qui lance visiblement une version VIP.

Lottie sentit l'air lui manquer.

— Une application ?

Elle était sur le point de demander laquelle mais se ravisa. C'était inutile. Elle savait laquelle. Elle avait cru qu'il était comme elle… un utilisateur, quelqu'un qui avait envie de rencontrer de nouvelles personnes. Pas une seconde elle n'avait imaginé que l'application lui appartenait. Et il s'était bien gardé de le lui dire.

— Tu sais, Icebreaker ?

Lucas leva les yeux vers elle, et Lottie perçut le moment où il se rendit compte de ce qu'il venait de dire à la façon dont le regard de son frère se chargea soudain de culpabilité.

C'était Lucas qui l'avait inscrite sur l'application et poussée à répondre au fameux questionnaire qui était censé permettre de désigner des profils compatibles mieux que n'importe quelle liste de centres d'intérêt.

Ragnar Stone.

Il avait même menti sur son nom !

Elle ferma brièvement les yeux dans un effort pour s'imprégner de cette nouvelle réalité, si différente de ce qu'elle avait cru jusqu'à présent. Dieu merci, Lucas semblait trop concentré sur la télévision pour se rendre compte de son trouble.

— Il est à Londres ? demanda-t-elle d'une voix aussi ferme que possible.

— Oui, pour le lancement. À quelle heure tu veux que je vous dépose à la gare ?

Sans quitter l'écran de télévision du regard, Lottie prit une profonde inspiration. L'artiste en elle ne pouvait manquer d'apprécier la parfaite symétrie du visage qui se dessinait sur l'écran, et la femme n'avait jamais oublié les merveilles que ces lèvres charnues pouvaient lui faire ressentir. Mais quand elle le regardait à présent, c'était surtout sa ressemblance avec leur fille qui la frappait. Cette beauté classique, ces cheveux blonds, ces yeux d'un bleu profond… Ils se ressemblaient tellement. Lottie sentit son estomac se nouer. La ressemblance physique était frappante, bien sûr, mais elle était bien placée pour savoir qu'un père transmettait bien plus à son enfant qu'une couleur de cheveux. Elle savait ce que cela faisait de grandir sans connaître l'origine de la moitié de son ADN. N'avait-elle pas souffert, adolescente, des caractères si semblables de son frère et sa mère, quand elle-même se sentait différente ? Quand elle avait enfin rencontré son père, il était trop tard pour créer un vrai lien, mais cela aurait-il été différent s'il l'avait rencontrée bébé ? Pouvait-elle priver sa fille d'un père quand elle-même avait tant souffert de cette absence ?

Que faire ? Maintenant qu'elle connaissait son identité, elle pouvait appeler son bureau. Mais comment expliquer qui elle était à une secrétaire ? Il y avait fort à parier qu'on ne lui transmettrait même pas le message. Et même si elle parvenait à lui parler, pouvait-elle vraiment lui annoncer qu'il avait une fille au téléphone ?

Elle se tourna vers son frère.

— En fait, tu pourrais me garder Sóley aujourd'hui ? Je dois m'occuper de quelque chose. Seule.

Ragnar Stone se leva et serra la main du jeune journaliste qui se tenait face à lui. Toutes ces interviews étaient vraiment la partie de son travail qu'il appréciait le moins. C'était si répétitif… et la plupart des questions n'avaient pas le moindre intérêt. Même le stagiaire du service communication aurait pu y répondre. Mais sa directrice des relations presse s'était montrée formelle : les gens voulaient connaître « l'homme qui se cachait derrière la marque ».

Alors il avait vaillamment enchaîné vingt et une interviews. Mais c'était fini.

Il se débarrassa de sa veste, de sa cravate et enfila un sweat-shirt noir, dans lequel il se sentit immédiatement plus à l'aise.

— À quelle heure est-ce que la voiture vient me chercher demain ? demanda-t-il à son assistant.

— 6 h 30. Vous avez rendez-vous avec James Milner à 7 heures, une réunion avec le studio graphique à 8 heures et ensuite un petit déjeuner avec Caroline Woodward.

— Parfait. À demain, merci.

Adossé à la paroi de l'ascenseur, il ferma brièvement les yeux. Plus qu'une semaine. Une fois la nouvelle version de l'application lancée et la tournée promotionnelle terminée, il prendrait des vacances. Cela faisait bien trop longtemps qu'il n'avait pas fait de pause. Depuis le lancement d'Icebreaker, deux ans plus tôt, à vrai dire.

Il avait enchaîné les longues heures de travail, les nuits trop courtes dans des hôtels sans âme aux quatre coins du monde et les repas avalés trop vite sur un coin de table. Sans oublier, bien sûr, en arrière-plan, sa famille complètement folle. Il les aimait de tout son cœur, mais leur penchant pour le mélodrame, avec son lot de trahisons et de chantage, n'était pas de tout repos.

Un coup d'œil à son téléphone lui arracha un soupir. Trois appels manqués de sa demi-sœur Marta, quatre de sa mère, six textos de sa belle-mère et douze de son demi-frère Gunnar. Il rangea l'appareil dans sa poche. Il y avait fort à parier qu'aucun de ces messages n'était urgent. Ils ne l'étaient jamais. Alors, pour une fois, ils attendraient. En cet instant, il avait désespérément besoin de se défouler dans une salle de sport et de dormir.

Capuche rabattue sur la tête, il s'engouffrait dans la nuit glaciale, quand une voix, si claire qu'elle semblait résonner directement dans sa tête, l'arrêta.

— Ragnar.

Il se figea. Non seulement il reconnaissait cette voix, mais son corps tout entier semblait y réagir. Déjà, son cœur battait à tout rompre.

Lentement, il se retourna et posa le regard sur la femme qui se tenait face à lui.

Ses cheveux châtains étaient légèrement plus longs, son

visage plus pâle et méfiant, mais c'était bien la femme qu'il avait rencontrée presque deux ans plus tôt. Et pourtant elle semblait différente. Plus jeune ? Non, c'était juste qu'il avait l'habitude d'être entouré de femmes fortement maquillées, tandis que le visage de la jeune femme ne portait pas la moindre trace de fard.

— Je passais par là. J'expose dans une galerie à côté et je t'ai vu sortir…

Elle s'interrompit, hésitante, avant de poursuivre.

— Je ne sais pas si tu te souviens de moi ?

— Je me souviens.

Comment aurait-il pu oublier ? Le son de sa voix suffisait à le transporter deux ans plus tôt, dans une chambre d'hôtel à moins d'un kilomètre de là. Il revoyait son corps, entendait sa respiration, sa voix qui prononçait son nom…

Et il n'était pas le seul à revivre cette nuit… à en juger par la façon dont le souffle de la jeune femme s'était soudain fait plus court.

Pendant un court instant, ils restèrent immobiles, l'un face à l'autre, unis par le souvenir de cette nuit lointaine. Puis, il rompit le charme et se pencha vers elle pour un rapide baiser sur la joue. Ou plutôt, pour ce qui aurait dû être un rapide baiser. Mais à la seconde où il sentit sa joue sous ses lèvres, le parfum de sa peau, un instinct incontrôlable le poussa à prolonger l'instant. À regret, il fit un pas en arrière.

— Bien sûr, que je me souviens. Lottie, Lottie Dawson, n'est-ce pas ?

— Absolument, c'est bien mon nom.

Il tressaillit sous ce ton accusateur. Vu l'environnement dans lequel il avait grandi, il était bien placé pour savoir à quel point le mensonge était haïssable. Et il mettait un point d'honneur à être toujours parfaitement honnête. Cette nuit avec Lottie avait constitué une exception. Une exception compréhensible. En tant que créateur de l'application, préserver son anonymat était indispensable.

Indispensable… Ragnar retint un rictus. Inutile de se

mentir à lui-même. Son anonymat n'avait pas été sa principale préoccupation, ce matin-là, lorsqu'il s'était réveillé à côté de Lottie, étrangement heureux à l'idée de passer la journée avec cette femme qui était la veille encore une parfaite inconnue. Sa chaotique histoire familiale et les nombreux déchirements dont il avait été témoin l'avaient convaincu de se tenir aussi éloigné que possible des histoires d'amour. Aussi, s'était-il levé sans un bruit avant de disparaître dans la nuit.

Faire des projets avec une femme n'était pas dans ses plans. Jamais. Sa vie était déjà bien assez compliquée comme ça. Il avait des parents, des beaux-parents, sept frères et sœurs éclatés à travers le monde… et pas une seule de ces personnes n'avait réussi à bâtir une histoire d'amour durable. Non, leurs nombreuses et tapageuses aventures laissaient toujours derrière elles une traînée de scandales et de cœurs brisés.

Ragnar aimait que les choses soient simples et honnêtes. C'était ce qui l'avait poussé à créer Icebreaker. En répondant honnêtement au questionnaire, les utilisateurs s'évitaient toutes les déceptions qui accompagnaient immanquablement les rencontres traditionnelles.

En théorie.

— Donc, ce n'est pas Steinn, hein ?

Ramené au présent, Ragnar laissa son regard revenir vers la jeune femme. Elle n'avait pas une beauté classique, mais elle était… intrigante. Elle était la fois ordinaire et absolument unique. Chacune de ses émotions semblait se refléter sur son visage. Et puis, il y avait sa voix. Ce n'était pas seulement son timbre rauque qui la rendait bouleversante. C'était aussi cette façon qu'elle avait de s'attarder sur certaines syllabes. À la façon d'une chanteuse de blues. Au son de sa voix, on se sentait projeté dans un univers fait de clubs enfumés, de longues soirées passées à boire et à danser… d'aventures aussi brèves que passionnées. Pourtant, à en juger par sa timidité cette nuit-là, elle était bien moins expérimentée que sa voix ne le laissait présager. Mais ce n'était pas le moment de se perdre dans les souvenirs.

— Presque. Steinn est la version islandaise de Stone. Je voulais tester le site moi-même. Un test grandeur nature. Je suis désolé, je ne voulais pas te mentir, répondit-il d'une voix aussi neutre que possible.

— À quel sujet est-ce que tu ne voulais pas me mentir ? Quand tu m'as dit que tu voulais passer la journée avec moi ? N'aurait-il pas été plus honnête de simplement me dire que tu n'étais pas intéressé ?

Il aurait pu. Mais cela aurait aussi été un mensonge. Et il n'avait jamais été doué pour mentir.

La vérité était une notion très mouvante dans sa famille. Aussi loin qu'il s'en souvienne, on s'arrangeait avec les faits sans trop de scrupules. Une pratique qu'il avait toujours trouvée particulièrement stressante. Pourtant, avec Lottie, les mensonges s'étaient accumulés, malgré lui.

— Je n'ai pas…

— Aucune importance, l'interrompit-elle. Ce n'est pas pour ça que je suis là.

Elle désigna d'un signe de tête un bâtiment un peu plus haut dans la rue.

— Il y a un café là-bas, est-ce qu'on pourrait…

Ragnar suivit son regard. Il connaissait ce café. Un de ces endroits à la mode, de style industriel où les serveurs arboraient une barbe savamment entretenue. Bien éloigné du bar à l'ambiance tamisée où ils s'étaient rencontrés.

Ce soir-là, après une journée de travail exténuante, il s'était rendu compte que son application avait trois mois. Alors, sur une impulsion, il avait décidé de l'essayer. Assis dans le bar où il était arrivé en avance par habitude, il s'était rendu compte qu'il était exclusivement entouré de couples et avait été sur le point de partir quand elle était entrée. Aussitôt, toute pensée rationnelle avait déserté son esprit. Les joues de la jeune femme étaient légèrement rosies par le vent de cette froide journée de mars, et on aurait pu croire qu'elle ne portait rien d'autre que des bottes à talon haut sous son trench ajusté. Malheureusement, il s'était avéré qu'elle était vêtue sous ce trench. Mais il était quand même resté. Et voilà qu'ils se retrouvaient, presque deux ans plus tard.

— Tu veux qu'on aille prendre un café ensemble, c'est ça ? compléta-t-il.

Elle acquiesça en silence, et Ragnar sentit une sorte d'excitation l'envahir. Leur rencontre était un lointain souvenir. Il était épuisé. Et pourtant…

Malgré l'heure tardive, le café était bondé. Ils parvinrent néanmoins à trouver une table et s'installèrent l'un en face de l'autre.

— Merci, dit-il en désignant son expresso.

Il avait déjà sorti son portefeuille pour payer leurs consommations, lorsque la jeune femme était résolument passée devant lui pour payer leurs consommations, une lueur de défi dans le regard. Le même regard qui l'évitait à présent soigneusement. Pour la première fois depuis qu'elle avait surgi face à lui dans la rue, il se demanda pourquoi elle était là.

Il but une gorgée de café et savoura la délicieuse sensation de chaleur qui se répandait dans son corps. Puis, comme Lottie ne semblait pas décidée à rompre le silence, il reprit la parole.

— Je suis tout à toi.

— Je ne crois pas qu'on puisse vraiment dire ça, répondit-elle d'un ton sec.

— C'est pour ça qu'on est là ? Tu es fâchée parce que je suis parti ?

Elle posa ses grands yeux sur lui, comme si elle cherchait à sonder son âme, avant de répondre.

— Non, bien sûr que non. Je ne suis pas…

Elle s'interrompit et poussa un soupir.

— Je ne passais pas dans la rue par hasard. Je ne suis pas là pour moi. Je suis là pour Sóley.

Quand elle prononça ce nom, un doux sourire illumina ses traits, et tout son visage rayonna. Instinctivement, comme un papillon attiré par la lumière, il voulut tendre la main vers sa joue mais se reprit juste à temps.

— C'est un joli prénom, se contenta-t-il de répondre.

Un prénom qu'il avait toujours aimé. Et plutôt rare hors d'Islande. Mais il ne voyait pas trop en quoi ça pouvait le concerner. Comme elle ne disait rien, il ajouta.

— Qui est Sóley ?

Lottie sembla hésiter un instant. Enfin, elle planta un regard déterminé dans le sien.

— Ta fille. Notre fille.

Sa… Impossible. Et pourtant, déjà, une multitude de questions se pressaient en lui. Et celle qui les dominait toutes, celle qu'il n'arrivait pas à repousser était « pourquoi ? ». Pas « quand ? » ni « où ? » ni même « comment ? ». Mais « pourquoi ? ». Pourquoi, alors qu'il savait très bien que leur première fois avait été un peu précipitée, n'avait-il pas pensé à vérifier que tout était en ordre ? Que le préservatif avait tenu ?

Hélas, la réponse à cette question, et à toutes les autres, allait devoir attendre.

— OK, répondit-il finalement.

— OK ? Juste OK ? Tu as compris ce que je viens de te dire ?

— Tu as dit que je t'avais mise enceinte.

— Tu n'as pas l'air surpris.

— Ce sont des choses qui arrivent, répondit-il avec une désinvolture qu'il était loin de ressentir.

Cela était déjà arrivé à certains de ses frères et sœurs, à sa mère même, mais pas à lui. Jamais à lui. Il n'était pas comme eux.

Jusqu'à présent.

— Tu me crois ?

Elle semblait surprise.

Il se laissa aller contre le mur.

— Honnêtement, je…

— Je ne suis pas sûre de pouvoir attendre beaucoup d'honnêteté de ta part, en fait, l'interrompit-elle. Tu m'as menti sur ton nom, sur l'endroit où tu vivais, sur l'avenir que tu imaginais pour nous…

— Je n'ai jamais voulu te mentir.

— Non, je suis sûre que les mensonges sont juste sortis tout seuls de ta bouche.

— Ce n'est pas ce que je voulais dire. Tu déformes tout.

— Tu veux dire comme déformer Stone en Steinn ?

À ces mots, il sentit la colère le gagner.

— Tu as gagné, je n'aurais pas dû te mentir. Mais si tu es si attachée à la vérité, on peut savoir pourquoi tu as attendu si longtemps pour me dire que j'avais une fille ? Elle doit avoir, quoi… Dix, onze mois ?

— Onze, répondit-elle sèchement. Et j'ai essayé de te le dire. Je t'ai cherché quand j'ai découvert que j'étais enceinte, et quand elle est née. Mais étrangement je n'ai pas trouvé de Ragnar Steinn qui te ressemblait. En fait, je ne t'aurais sans doute jamais retrouvé si tu n'étais pas passé à la télévision ce matin.

Ragnar observa la jeune femme plus attentivement. Elle se tenait très droite, une lueur de défi dans le regard. Pourtant, sous cette assurance de façade, il devinait sa nervosité, percevait le léger tremblement de sa voix. Et comment pourrait-il en être autrement ? Il fallait un sacré courage pour faire face à un homme et lui annoncer qu'il était père.

Père… Le mot résonnait dans ses oreilles. Il avait toujours cru que les années passées à gérer les crises continuelles de sa famille lui avaient donné un contrôle de fer sur ses émotions. Pourtant, le stress de cette femme, sa soudaine fragilité, s'insinuaient en lui, le déstabilisaient.

Et c'était une erreur ! Laisser ses sentiments prendre le dessus n'apporterait rien de bon. Ni pour lui ni pour sa fille. Cette situation exigeait au contraire qu'il se concentre sur la dimension pratique des choses.

— Maintenant tu m'as trouvé, lâcha-t-il d'une voix neutre. J'imagine que tu veux parler argent ?

Un groupe bruyant pénétra à cet instant dans le café, et Lottie espéra brièvement avoir mal entendu. Hélas, elle savait que ce n'était pas le cas. Dans la rue, elle avait été frappée, fascinée même, par la ressemblance entre Ragnar et Sóley mais, à présent, c'était surtout à son propre père qu'il ressemblait.

Malgré elle, Lottie sentit sa poitrine se serrer. Pourquoi les hommes de sa vie insistaient-ils pour réduire son existence à une somme d'argent ?

— Argent ? Je ne suis pas venue te parler d'argent. Je suis venue te parler de notre fille.

Il soutint fixement son regard.

— Élever un enfant coûte de l'argent. Tu as dû subvenir seule à ses besoins jusqu'à présent, et il n'en est plus question. Je dois en parler à mes avocats pour les détails, mais je veux déjà que tu saches que tu n'as plus à t'inquiéter financièrement.

— Je n'étais pas seule. Ma mère m'aide, et je vis avec mon frère. Il est tatoueur, donc libre de choisir ses propres horaires, et…

— Tatoueur ?

Le regard qu'il posait sur elle était froid et distant, son ton absolument neutre. Il semblait si différent de l'homme passionné qu'elle avait rencontré cette lointaine nuit de mars… Lottie sentit une légère nausée la gagner. Un peu comme lors de ces premiers mois de grossesse, lorsque ce malaise était le signe tangible du petit être qui grandissait en elle. Sauf qu'aujourd'hui elle indiquait plutôt un vide. Le fossé qui existait entre elle et le père de sa fille. Face à leur ressemblance, elle s'était laissée aller à espérer qu'il ressentirait le désir de la rencontrer, de créer un véritable lien avec cette petite fille à son image. Mais la façon froide et détachée dont il réagissait indiquait tout autre chose :

son rôle de père se limiterait à une aide financière. Une fois de plus, elle s'était trompée.

Elle inspira profondément et planta son regard dans celui de l'inconnu qui lui faisait face.

— Je sais que tu es un homme riche, Ragnar, mais je ne suis pas venue mendier. Je n'aurais jamais dû venir, c'était une erreur. Ne t'inquiète pas, je ne te dérangerai plus. Je te laisse retourner à ta vie et à tes millions.

Avant même qu'il ait eu le temps de tendre la main pour la retenir, Ragnar vit la jeune femme se lever, attraper son manteau et disparaître dans la rue.

Devait-il se lancer à sa poursuite ? Inutile. À en juger par sa précipitation, elle devait déjà avoir atteint la station de métro la plus proche.

Comment avait-il pu se retrouver dans cette situation ? Tout dans le comportement de cette femme – donner naissance à l'enfant d'un inconnu, garder son existence secrète, surgir du jour au lendemain pour lui annoncer qu'il était père et disparaître aussi soudainement qu'elle était apparue – aurait eu sa place dans sa chaotique saga familiale… et représentait ce qu'il avait toujours cherché à éviter.

Il s'apprêtait à se lever lorsque son regard tomba sur un bout de papier abandonné sur la table.

Son cœur se mit à battre plus vite. C'était la photo d'une petite fille. Une petite fille qui était son portrait craché. Sóley.

Instinctivement, il passa le doigt sur les contours de son visage. Elle était si petite, si lumineuse – exactement comme son prénom le suggérait. Il refusait de la laisser grandir sans autre repère que sa mère clairement déséquilibrée et sa famille de dégénérés.

II adorait sa propre famille, mais il savait ce que cela

faisait de grandir au milieu du chaos. Sa fille ne connaîtrait pas le même destin.

Il devait prendre les choses en main.

Il glissa la photo dans son portefeuille et sortit son téléphone.

2.

Lottie hissa sa fille endormie sur son épaule et parcourut la galerie du regard. Des petits groupes de personnes se déplaçaient entre les œuvres exposées, s'arrêtant parfois plus longuement devant un dessin ou une sculpture. Il n'y avait pas foule, mais elle était contente. Vraiment. Et fatiguée.

— C'est bientôt fini.

Elle se tourna avec un sourire vers Georgina Hamilton, la très sophistiquée propriétaire de la galerie. Georgina était aussi grande, blonde et sculpturale qu'elle-même était quelconque. Elles étaient à l'opposé l'une de l'autre sur à peu près tout, et pourtant elles avaient noué une solide amitié. Georgina était son plus fidèle soutien.

— On voit tant que ça que je suis épuisée ?

— Ne t'inquiète pas, seulement pour ceux qui te connaissent bien. Tu veux que je te la prenne ? ajouta-t-elle en désignant Sóley.

— Non, ne t'inquiète pas. Je ne veux pas la réveiller. Elle a du mal à dormir depuis quelques jours.

Et sa fille n'était pas la seule à ne pas trouver le sommeil.

Sentant le rouge lui monter aux joues, Lottie détourna la tête pour cacher son visage au regard perspicace de Georgina. Comment avouer que c'était un homme qui la tenait éveillée la nuit ? Ce n'était pas simplement le choc d'avoir revu Ragnar, ou même la déception face à son comportement qui la bouleversait. Non, c'était le fossé qui existait entre ses souvenirs et l'homme froid, distant, qu'elle avait découvert dans ce café. C'était comme si toute l'histoire était à réécrire. Ce nouveau Ragnar lui avait semblé à la fois familier et étranger. C'était bien lui, mais la passion et l'urgence qui brûlaient dans son regard avaient été remplacées par une sorte de calcul froid. Elle s'était sentie évaluée, jugée.

Et, pourtant, elle avait aussi senti autre chose vibrer entre eux – un mélange de désir et d'intimité. Comme si, sous le vernis glacé de la conversation, leurs corps se reconnaissaient.

Lottie secoua la tête pour chasser cette idée. Leur nuit ensemble était un accident. Qu'attendre d'autre d'un homme qui avait bâti sa fortune sur la misère émotionnelle des autres. Comment avait-il appelé leur rencontre déjà ? « Un test grandeur nature ». Voilà ce qu'elle était pour lui. Et elle avait eu tort de croire qu'il voudrait connaître sa fille.

À partir de maintenant, elle allait arrêter de courir après des personnes qui ne voulaient pas d'elle ou de Sóley dans leur vie. Et se concentrer sur ceux qui les aimaient. Comme la femme qui se tenait à leurs côtés en cet instant.

— Merci pour tout, Georgina. Cette exposition n'aurait jamais connu un tel succès sans toi.

— Ne me remercie pas ma puce. C'est mon travail. Et c'est mieux pour la réputation de la galerie de toute façon quand toutes les pièces d'une exposition sont vendues avant le vernissage.

Lottie sursauta.

— Toutes vendues ? Je pensais qu'il restait les deux esquisses et le collage ?

— Roley's m'a appelée dans l'après-midi et s'est porté acquéreur.

Roley's était un des plus prestigieux marchands d'art de la capitale. Ses clients vivaient généralement entre Pékin Londres et New York et dépensaient des millions pour acquérir les œuvres d'artistes émergents…

— Non, ils ne m'ont pas donné le nom de l'acheteur,

reprit Georgina, avant même qu'elle n'ait eu le temps de poser la question qui lui brûlait les lèvres. Tu n'es pas contente ?

— Si, bien sûr. Mais j'aime rencontrer les acheteurs.

— Je sais, mais tu connais ce genre de collectionneur… Ils adorent les nouveaux artistes à la mode mais tiennent plus encore à leur anonymat. Ce qu'il faut retenir, c'est que tu es une jeune artiste à la mode. Regarde toutes ces pastilles « vendue » sur tes œuvres !

Avec un soupir, Lottie remonta sa fille sur sa hanche.

— Tu es sûre que tu ne veux pas que je te la prenne ?

— Non, ça va ! Ils ne devraient plus tarder. Lucas devait juste passer chercher Izzy, puis ils viennent directement.

Dans le regard de son amie Lottie n'eut aucun mal à lire ce qu'elle pensait de sa famille atypique.

— Oui, ils ont dû être… distraits en chemin. Oh mon Dieu !

— Qu'est-ce qu'il y a ? s'inquiéta Lottie.

— Ne te retourne pas. L'homme le plus beau que j'ai jamais rencontré vient d'entrer dans la galerie. Je n'ai jamais vu un regard pareil.

Lottie retint un sourire. Elle reconnaissait bien là le côté mangeuse d'hommes de son amie.

— Il vient vers nous s'exclama cette dernière.

— Vers toi, tu veux dire, la corrigea Lottie. Ce n'est qu'un pauvre homme de plus, foudroyé par ta beauté.

Georgina faisait cet effet aux hommes. Il lui suffisait d'apparaître pour qu'ils tombent à genoux.

— C'est toi qu'il regarde, murmura cette dernière.

Lottie laisse échapper un petit rire.

— Ne t'inquiète pas, il a dû oublier de mettre ses lentilles ce matin, mais il s'apercevra…

Les mots moururent sur ses lèvres. Ragnar Stone se dirigeait droit vers elle. Son hypnotique regard bleu fixé sur elle comme pour la clouer au sol. Le monde semblait s'être arrêté de tourner. Sauf que Georgina s'était trompée.

Ce n'était pas elle que Ragnar regardait. Mais la petite fille blonde endormie dans ses bras.

Pendant un moment qui lui sembla durer une éternité, il regarda sa fille, son visage impassible ne laissant transparaître aucune émotion. Puis, enfin, il leva les yeux vers elle.

— Bonjour Lottie.

Dans le café, leurs voix avaient été noyées dans l'agitation, mais ici, dans le silence feutré de la galerie, sa voix la renvoyait instantanément à la nuit qu'ils avaient passée ensemble. Et, malgré elle, elle sentit son corps réagir. Mais ce n'était ni le lieu, ni le moment.

— Bonjour Ragnar. Je ne pensais pas te voir ici.

— Vous vous connaissez ? demanda Georgina.

Leurs réponses fusèrent en même temps.

— Oui.

— Non !

Les joues en feu, Lottie expliqua.

— Nous nous sommes croisés une fois, il y a à peu près deux ans.

— Un peu moins de deux ans, corrigea-t-il.

Georgina les dévisagea tout à tour, avant d'annoncer d'une voix claire, en se dirigeant gracieusement vers un couple à l'autre extrémité de la salle :

— Je vous laisse, le devoir m'appelle.

Un silence pesant s'installa entre eux.

— Comment m'as-tu trouvée ? finit par demander Lottie.

— Oh ! je passais juste par là.

Elle le foudroya du regard.

— Tu m'as fait suivre ?

— Non. Mais j'ai demandé à mon chef de la sécurité de te trouver.

Lottie avait du mal à faire le point dans ses pensées. Elle aurait dû être en colère et, pourtant, sa présence lui procurait une sorte de joie. Il l'avait cherchée. Et il était venu à son exposition…

— Tu fais les présentations ?

Lottie se figea. Était-il réellement en train de lui demander de le présenter à une autre femme alors qu'elle tenait leur fille dans ses bras ?

— Elle s'appelle Georgina, répondit-elle sèchement. Elle est…

— Pas elle, l'interrompit-il. Ma fille.

À ces mots, Lottie sentit son cœur se serrer. À quoi jouait-il ? Elle avait passé les vingt-quatre dernières heures à tenter d'accepter la réalité : tout comme son propre père, Ragnar avait réduit l'existence de leur fille à une colonne de dépenses. Mais contrairement à Alistair il n'avait pas l'excuse de l'âge.

Avec un effort, elle pouvait comprendre qu'on ne sache pas comment nouer une relation avec un enfant déjà adulte, mais un bébé ? Bien sûr, Sóley aurait peut-être été un peu méfiante au début, mais elle se serait vite habituée à lui. Il aurait pu être un véritable père pour elle, s'il n'en avait décidé autrement. Mais, dans ce cas, que faisait-il ici ? Et pourquoi demandait-il à faire la connaissance de leur fille ?

Il n'y avait qu'une façon de le savoir. Rassemblant son courage, elle planta son regard dans celui de l'homme qui se tenait face à elle.

— Qu'est-ce que tu veux exactement ?

— Ce que je voulais hier. Et que j'aurais pu t'expliquer si tu n'avais pas fait ta petite crise.

— Je t'ai donné une chance de rencontrer ta fille, et tu m'as lancé ton argent à la tête, s'exclama-t-elle avec colère. Tu perds ton temps, je t'ai déjà dit qu'on ne voulait pas de ton argent.

— Quel genre de mère refuse une aide financière pour son enfant ?

Les joues brûlantes, elle le fusilla du regard. Il déformait tout.

— Je ne refuse pas ton argent, mais ce n'est pas ce que j'attends de toi.

— Qu'est-ce que tu attends alors ?

Sa question la prit par surprise. Elle savait pourquoi elle était allée à sa rencontre. Parce que ce n'était pas honnête de le laisser dans l'ignorance. Parce qu'elle savait ce que c'était de grandir sans père et qu'elle voulait un autre destin pour sa fille. Mais comment partager ces détails intimes de sa vie avec un inconnu ?

— Je voulais que tu la connaisses, laissa-t-elle tomber, avant de poursuivre d'une voix tremblante d'émotion : elle est si joyeuse et affectueuse, si éveillée, elle s'intéresse à tout…

— C'est pour ça que tu l'emmènes à un vernissage en pleine nuit ?

De nouveau ce ton plein de jugement. Comme lorsqu'elle lui avait parlé de Lucas. Comment un homme comme Ragnar pourrait-il comprendre sa vie et celle de sa famille bohème ? Après tout, il avait construit sa fortune en transformant tout ce qui faisait la magie d'une rencontre en tableau Excel.

— Oui, répondit-elle fermement. Je suis une artiste et une jeune mère. Ces deux aspects de ma vie cohabitent. Je ne vois pas le problème.

— Bien sûr, répondit-il avec un sourire poli. Mais devenir mère a dû changer ton rapport à ton travail.

Stupéfaite, Lottie comprit qu'ils n'avaient jamais eu la moindre conversation personnelle. Lors de leur première rencontre, ils n'avaient pas beaucoup parlé pour être honnête. Tout s'était enchaîné naturellement, la connexion entre eux semblait si forte qu'elle n'avait pas ressenti le besoin d'en dire plus. À présent, elle se demandait si ce lien avait vraiment existé. N'était-ce pas plutôt l'ambiance feutrée du bar, l'adrénaline qui courait dans ses veines à l'idée de s'être enfin lancée et d'avoir accepté un rendez-vous avec un inconnu, qui avaient précipité les choses entre eux ?

Elle avait eu des petits amis avant, bien sûr, mais pas depuis sa rencontre avec Alistair. Depuis, elle se sentait diminuée, indigne d'amour. Puisqu'il ne voulait pas d'elle dans sa vie, c'était sans doute qu'elle n'était pas assez bien, pas assez intéressante, pour mériter l'amour d'un père ou de quiconque. Elle avait complètement perdu confiance en elle.

Jusqu'à sa rencontre avec Ragnar.

À peine entrée dans le bar, elle avait voulu faire demi-tour, mais à la seconde où Ragnar s'était levé, le reste du monde avait disparu. Ce n'était pas seulement sa beauté, non, c'était comme si, dès le premier regard, ils avaient partagé quelque chose de fort, d'unique. Cette nuit-là, dans ses bras, elle s'était sentie puissante, désirable, liée par toutes les fibres de son être à cet homme dont elle ignorait pourtant tout. Et elle avait cru qu'il ressentait la même chose. Mais elle s'était trompée.

À présent, elle le voyait pour ce qu'il était : un parfait inconnu. Et elle avait du mal à croire qu'ils avaient fait un enfant ensemble. La voix de Ragnar la tira de ses pensées.

— Je veux faire partie de sa vie. Y contribuer financièrement, bien sûr, mais je veux aussi être présent, être impliqué dans tout ce qui la concerne.

« Impliqué dans tout ce qui la concerne… » Lottie sentit la panique l'envahir. N'était-ce pas exactement ce qu'elle avait espéré quand elle avait pris la décision de lui annoncer l'existence de Sóley ? Alors pourquoi ce sentiment d'être piégée ?

Parce qu'elle n'avait jamais réfléchi si loin. Elle avait voulu éviter à sa fille l'expérience traumatisante qu'elle-même venait de traverser. Mais pas une seconde elle n'avait imaginé que Ragnar serait une vraie présence dans la vie de Sóley. Comment avait-elle pu se montrer si impulsive ? Par sa faute, cet homme qu'elle connaissait à peine et n'appréciait pas tellement pour être franche, allait entrer dans sa vie et celle de sa fille pour toujours.

— Je ne vois pas comment, commença-t-elle.

Mais Ragnar n'écoutait plus. Visiblement fasciné, il regardait sa fille… qui lui rendait son regard.

— Coucou, murmura-t-il en tendant la main vers l'enfant.

Aussitôt Sóley serra l'index qu'il lui tendait dans sa petite main, comme si elle l'avait toujours connu, et Lottie sentit son cœur se serrer. Quels que soient ses propres sentiments envers cet homme, il était le père de sa fille, et le lien qui existait entre eux était évident.

— On doit discuter de la suite, annonça-t-il sans quitter sa fille du regard.

— La suite ?

— Il va y avoir tout un tas de démarches administratives, mais je veux m'assurer qu'on est d'accord sur le principal.

Un grand éclat de rire retentit à l'entrée de la galerie et Lottie sentit son sang se glacer. Non ! Ce n'était pas le moment ! Elle n'était pas prête à ce que Ragnar rencontre sa famille… Elle n'imaginait que trop bien la scène : sa mère se laisserait aller à un flirt éhonté et Lucas à la pire des grossièretés.

— D'accord, répondit-elle précipitamment. Voilà mon numéro, on s'appellera pour en parler.

— Je pense qu'on devrait en parler maintenant.

Lottie lança un regard derrière elle. Lucas flirtait avec la réceptionniste, et sa mère se fendait déjà un passage à travers la foule pour venir vers eux.

— D'accord. Demain ? En début d'après-midi ?

— Parfait. Tu veux que je vienne chez toi.

Un petit cri de panique lui échappa.

— Non ! Je veux dire, il y a beaucoup de passage, il vaut mieux qu'on se voit quelque part où on ne sera pas dérangés.

— Je t'enverrai une voiture alors.

— Ce n'est pas…

— La peine ? Sans doute pas, mais cela me fera plaisir.

Il lui tendit une carte.

— Voilà mon numéro, envoie-moi ton adresse et mon chauffeur passera te prendre.

Elle aurait voulu refuser. Mais sa mère approchait dangereusement.

— D'accord. Mais pour l'instant je dois te demander de partir. L'exposition ferme, et je dois aller coucher Sóley.

Il lui adressa un sourire froid.

— Bien sûr. À demain.

Le regard posé sur sa fille, il sembla hésiter un instant puis fit demi-tour et se dirigea vers la sortie.

— Désolée pour le retard ! s'écria sa mère en secouant sa longue chevelure noire. On est tombés sur Chris en chemin et ton frère a insisté pour lui offrir une bière.

— Le pauvre, ajouta Lucas. Il a vraiment perdu les pédales quand tu l'as quitté.

— Peu importe, l'interrompit leur mère. Parle-nous plutôt de lui, ajouta-t-elle en désignant Ragnar de la tête.

Lucas suivi la direction de son regard.

— J'ai l'impression de le connaître, non ?

— Ça m'étonnerait, répondit Lottie. On ne traîne pas vraiment dans le même monde. Et n'essayez pas de faire diversion : vous étiez censés arriver il y a plus d'une heure. D'ailleurs, est-ce que tu peux prendre Sóley, elle commence à peser son petit poids ?

Lucas souleva sa nièce dans ses bras sans insister. Dieu merci. Elle n'avait aucune envie qu'il fasse le lien entre elle et Ragnar Stone et de devoir s'expliquer en public.

Elle s'était déjà assez compliqué l'existence en invitant cet homme dans leur vie. L'irruption de sa famille l'avait forcée à accepter un nouveau rendez-vous, mais si Ragnar croyait qu'elle était prête à le laisser décider de l'avenir de leur fille, il se trompait lourdement. Et il ne tarderait pas à s'en rendre compte.

C'était ça, sa famille ?

Ragnar dégringola les marches de la galerie deux à deux. L'homme couvert de tatouages et la femme enveloppée dans un exubérant manteau de fausse fourrure rouge du plus mauvais goût devaient être le frère et la mère de Lottie… Ce qui n'avait rien de rassurant. Il était prêt à parier qu'ils traînaient dans leur sillage tout un lot de problèmes. Une certaine excentricité pouvait sembler attirante, charmante, de l'extérieur, mais pour ceux qui devaient composer avec ce genre de personne, la vie était épuisante. Et un enfant avait besoin de stabilité. De calme.

Pas étonnant que Lottie ait été si pressée de le voir partir. Le plus tôt il prendrait les choses en main, le mieux ce serait.

Il s'engouffra dans sa voiture.

— À la maison.

La maison… Il aurait presque pu en rire si ce n'était pas si triste. Il n'avait jamais eu de maison. Il avait vécu dans beaucoup de bâtiments différents, dans de nombreux pays, avec une multitude de parents et beaux-parents. Il possédait des propriétés partout dans le monde. Mais une maison, un endroit où il se sentirait en sécurité, à sa place… Ça non.

Sa fille connaîtrait cette sensation. Elle aurait une maison, un foyer. Il s'en faisait la promesse.

Il faisait encore nuit dehors lorsque Ragnar ouvrit les yeux. Il n'essaya pas de se rendormir. C'était inutile. Alors, il enfila un survêtement et se rendit à la salle de sport. Une heure plus tard, le corps douloureux mais l'esprit libéré, il s'installait confortablement sur le canapé d'un des salons de son hôtel particulier. Le bâtiment comportait huit salons, mais celui-ci était son préféré car il donnait directement sur le parc. Dans l'obscurité, il ne distinguait pour l'heure que le ruissellement de la pluie qui s'abattait sur la ville. Soudain, un mouvement attira son attention : comme souvent, un cerf avait dû s'aventurer près de la maison.

La maison… Encore ce mot. Il ne connaissait Sóley que depuis quelques heures mais, déjà, tout avait changé. Ses sentiments pour elle étaient sans appel. Ils l'avaient été dès l'instant où elle avait plongé son regard – si bleu – dans le sien. Sa fille méritait un foyer, un endroit qui lui apporterait toute la stabilité dont elle avait besoin. Un endroit où elle pourrait s'épanouir et devenir l'incroyable jeune femme qu'il devinait déjà en elle.

Si seulement ses sentiments envers Lottie étaient aussi tranchés… Hélas, il n'en était rien. Il lui en voulait à la fois de sa brutale irruption dans sa vie et de lui avoir si longtemps caché la vérité. Même s'il était, bien sûr, au moins aussi responsable qu'elle de ce dernier point. Et pouvait-il vraiment lui reprocher sa réaction dans le café ? Il avait manqué de tact. Elle s'occupait seule de leur fille depuis sa naissance, il aurait dû se douter qu'elle se sentirait insultée.

Oui, il reconnaissait ses erreurs. Mais cela n'excusait pas le comportement de la jeune femme. Elle était butée et visiblement instable. Et, pourtant… Elle l'attirait, irrésistiblement. Dès que Lottie entrait dans son champ de vision, il redevenait cet homme qui avait oublié tous ses principes pour se précipiter la tête la première dans une aventure dont il ne mesurait pas les conséquences. Elle éveillait en lui le feu qu'il avait passé sa vie à tenter de dompter…

Six heures plus tard, il se tenait toujours devant la même fenêtre, mais le spectacle qui s'offrait à lui avait bien changé. Le jour avait remplacé l'obscurité, et Lottie se tenait debout sur le parvis. Comme il s'apprêtait à descendre l'accueillir, elle leva les yeux, et leurs regards se croisèrent. Le cœur battant, il dévala l'escalier et arriva dans le hall d'entrée en même temps qu'elle.

— Tu as fait bon voyage ?

— Oui. Merci pour la voiture.

Visiblement déterminée à aller droit au but, elle planta son regard dans le sien.

— Et maintenant ?

« Et maintenant… » Ces mots prononcés de sa voix légèrement rauque le renvoyèrent à cette nuit de mars où ils s'étaient rencontrés. C'était mot pour mot ce qu'elle lui avait demandé, en pleine rue, alors qu'ils sortaient du restaurant où ils avaient dîné. La scène était gravée en lui.

Le tremblement de ses lèvres, la façon dont ses cheveux caressaient ses épaules et, bien sûr, ce moment où il s'était penché pour l'embrasser.

À ce souvenir, une vive chaleur traversa son corps. Tout avait été si instinctif, si naturel. Elle s'était laissée aller dans ses bras, à la fois timide et offerte, un refuge loin de l'agitation de sa vie. Mais bien sûr c'était un leurre. Il avait été aveuglé par le désir et rien de plus. Résolument, il repoussa l'image du corps de Lottie alangui sur les draps blancs de sa chambre d'hôtel.

— Maintenant, on discute. Est-ce que tu veux boire quelque chose ?

Avant de partir, la femme de ménage avait laissé une sélection de thés, cafés et biscuits maison sur le comptoir de la cuisine.

— Un thé s'il te plaît. Noir.

Il tressaillit. Il y avait quelque chose d'étrangement frustrant à la voir se comporter en visiteuse polie alors qu'il était encore traversé par l'image de son corps nu contre le sien. Alors qu'une part de lui mourait d'envie de l'attirer dans ses bras. Mais il n'en était pas question. Après l'avoir invitée à s'asseoir, il lui tendit une tasse de thé et prit une profonde inspiration avant de se lancer.

— Je n'ai aucun doute sur le fait que Sóley est ma fille, mais je connais mes avocats, ils exigeront un test de paternité.

Après un court silence, elle acquiesça.

— D'accord.

— Bien. Sur le long terme, je voudrais qu'on se mette d'accord sur une garde alternée mais, pour l'instant, ma priorité est d'apprendre à connaître ma fille.

Et de lui apporter la stabilité dont elle devait si cruellement manquer. Mais inutile d'entrer dans les détails et de risquer de braquer Lottie.

— Qu'avais-tu en tête exactement ? demanda la jeune femme, visiblement tendue.

— Depuis que l'application a décollé, j'essaye de faire

une vraie coupure tous les ans. Deux ou trois semaines pour me retrouver.

— Et ?

— Je pense que c'est le bon moment. Cela me donnera l'occasion de passer du temps avec Sóley, d'apprendre à la connaître… et de réfléchir à la meilleure solution pour elle.

— Je pense que c'est moi qui sais ce qui est le mieux pour elle.

— Bien sûr, mais les circonstances ont changé. Faire sa connaissance est juste une première étape. Je suis conscient que la suite va demander beaucoup d'ajustements. Mais je veux que tu saches que le bien-être de Sóley est ma priorité à présent.

Longuement, elle le dévisagea en silence, comme si elle cherchait à lire au fond de son regard ses véritables motivations. Quand elle reprit la parole, sa voix avait une détermination nouvelle.

— Dans ce cas, le mieux est que tu te rapproches de chez nous. Ce n'est pas raisonnable de lui faire faire le trajet jusqu'à Londres pour la journée.

— Je ne parlais pas d'une journée à Londres.

— Tu parlais de quoi alors ?

— Ces semaines de repos me servent à déconnecter, à prendre le temps de réfléchir loin du chaos de la ville. J'en profite généralement pour rentrer en Islande. La vie y est plus calme, c'est l'endroit parfait pour faire le point. Je voudrais y emmener Sóley.

— Tu plaisantes, n'est-ce pas ?

— Est-ce que ma fille a l'air d'être un sujet de plaisanterie pour moi ?

Les traits de Lottie se décomposèrent sous ses yeux.

— Elle n'a même pas de passeport.

— Aucun problème, mon assistant peut s'en occuper.

Les joues rouges, le regard brillant, elle bafouilla.

— Mais… C'est impossible. Elle ne te connaît pas. Et elle n'a jamais été séparée de moi.

La jeune femme était de toute évidence terrifiée. À cause

de lui. À cause de son arrivée dans sa vie. Elle avait porté Sóley pendant neuf mois, elle s'en était occupée depuis, et tout était sur le point de changer. Une vague d'empathie le traversa. Il ne connaissait que trop bien cette sensation de vide, de panique, qui vous saisissait quand votre univers était brutalement bouleversé. Une part de lui avait envie de la prendre dans ses bras pour lui assurer que tout irait bien. Mais c'était impossible. Ils devaient éviter toute ambiguïté. Pour le bien de Sóley.

— Tu viendrais avec nous, bien sûr, répondit-il d'un ton patient, comme il l'aurait fait pour parler à un enfant.

Son but avait été de l'apaiser, pourtant un éclair de panique traversa le regard de la jeune femme.

— Moi ? Partir en Islande avec toi ? Non. Impossible.

— Pourquoi ? J'ai parlé à la propriétaire de la galerie. Elle dit que tu n'as pas d'autre exposition prévue.

— Tu as parlé à Georgina derrière mon dos ? s'exclama-t-elle. Comment oses-tu ? ! Comment oses-tu t'immiscer dans ma vie privée ?

La rage faisait trembler sa voix. Elle semblait près de l'hystérie. Instinctivement, il se raidit.

— Ne sois pas ridicule.

— Et toi, ne sois pas condescendant. Tu ne peux pas faire irruption dans ma vie et t'attendre à ce que je laisse tout tomber.

— Détrompe-toi, je peux. Et s'il le faut, je n'hésiterai pas à utiliser les moyens à ma disposition.

La jeune femme se leva d'un bond.

— Et qu'est-ce que tu comptes faire ? Tu vas envoyer ton chef de la sécurité me menacer ? Nous enlever, Sóley et moi ?

Les joues rougies par la colère, ses cheveux créant une sorte de halo désordonné autour de son visage, elle était étrangement belle dans la colère, ardente. Comme la femme qu'il avait tenue dans ses bras quelques mois plus tôt. Ragnar soupira. Comment la situation avait-elle pu dégénérer aussi vite ?

— Au cas où tu l'aurais oublié, c'est toi qui es venue me chercher.

Comme elle ne répondait pas, il insista.

— Écoute, je ne compte pas te séparer de Lottie, évidemment. Et je parlais plutôt d'avocats. Mais je ne voudrais pas en arriver là. Je ne pense qu'au bien de notre fille. Comme toi. C'est pour ça que tu es venue me voir, non ?

— Bien sûr. Mais partir avec toi… trois semaines avec un inconnu, c'est beaucoup.

Avec un inconnu ? Elle avait raison bien sûr, pourtant, il accusa le coup. Il détestait ces mots dans sa bouche.

— Nous ne sommes pas vraiment des inconnus, si ?

À ces mots, le silence entre eux se chargea d'électricité. La respiration de la jeune femme se fit plus rapide. Hypnotisé, il regardait le mouvement de sa poitrine, le pouls qui battait à la naissance de son cou. Seuls quelques centimètres séparaient leurs deux corps. S'ils l'avaient voulu, ils auraient pu se toucher. Et il le voulait. Désespérément. La voix rauque de Lottie le tira de ses pensées.

— C'est d'accord. On t'accompagne. Puis on rentrera chez nous.

3.

Lottie suivit Lucas sur le petit chemin qui s'enfonçait à travers la campagne, juste derrière la maison. Après plusieurs jours de pluie, le soleil avait enfin fait son apparition, ce qui les avait décidés à sortir se promener.

— On fait le tour habituel ? demanda Lucas.

Elle acquiesça.

— On pourra passer par la rivière au retour pour montrer les canards à Sóley.

Sa fille était installée dans un porte-bébé sur le dos de son oncle, le visage rayonnant de bonheur dans la lumière dorée du matin.

Ils coupèrent à travers champs pour rejoindre le chemin qui continuait plus loin. Tout était étrangement calme ce matin-là, pas de tracteur au travail ou de troupeau occupé à paître. Un calme bienvenu étant donné la cacophonie qui régnait dans sa tête.

La veille au soir, elle était tombée sur une nouvelle interview de Ragnar à la télévision. À le voir si sûr de lui, si déterminé, exposant avec assurance ses arguments, elle n'avait eu aucun mal à imaginer ce que cela donnerait transposé à leur situation. Il ferait preuve de la même détermination pour obtenir ce qu'il voulait d'elle. Sans compter qu'il semblait disposer de ressources infinies. Comme le prouvait la vitesse avec laquelle il avait obtenu un passeport pour Sóley.

Elle sentit son estomac se nouer à l'idée que, dans moins d'une semaine, Sóley et elle seraient à Reykjavik. Quel cauchemar ! La simple idée de passer trois heures avec Ragnar la plongeait dans une profonde panique, alors trois semaines… Mais comment faire autrement ? Elle refusait que le sort de sa fille se règle au tribunal.

À moins de disparaître ? Sa mère connaissait des tas de gens qui vivaient dans des sortes de communautés d'artistes en marge de la société. Ridicule. Elle n'allait pas passer sa vie à se cacher.

Le regard perdu loin devant elle, Lottie soupira. Il ne lui restait qu'à accepter ce qui était en train de se passer. Si seulement tout n'allait pas si vite. Beaucoup trop vite pour elle.

Pourtant elle comprenait que Ragnar ne veuille plus perdre de temps. À sa place, elle ressentirait la même chose. Et, au fond, bien sûr qu'elle avait eu raison de lui parler de Sóley. Mais à l'idée de cette relation dont elle serait toujours exclue, elle sentait une sourde panique l'envahir… ainsi qu'une folle envie d'arracher sa fille à Lucas et de la serrer contre elle.

Elle aurait voulu se réjouir pour sa fille. Contrairement à elle, Sóley aurait la chance de connaître son père. D'ailleurs, elle se réjouissait. Honnêtement. Mais une pointe de jalousie la traversait face à la réaction si immédiate de Sóley face à l'écran de télévision, à leur ressemblance si frappante.

— Et si on amenait Sóley voir les illuminations de Noël la semaine prochaine ?

La voix de Lucas la fit sursauter. Son frère était son confident, son meilleur ami, une présence à la fois stable et rassurante dans sa vie. Et pourtant elle n'avait toujours pas trouvé le courage de lui parler de Ragnar. Car une fois qu'elle aurait parlé à Lucas, il n'y aurait plus de retour en arrière possible, cela deviendrait réel. Et c'était le moment.

— Ça serait super. Mais on ne va pas pouvoir.

— Ah bon ? Je pensais que tu n'avais plus d'exposition jusqu'à Noël.

Elle ferma les yeux et se lança.

— C'est vrai. Mais on part en Islande.

— En Islande ? Pourquoi ? s'exclama-t-il, visiblement stupéfait, avant de se reprendre.

— Enfin, je ne savais pas que c'était en projet, je veux dire.

Comment formuler les choses ? Le plus simple serait le mieux.

— On y va avec le père de Sóley. Trois semaines. Pour qu'ils fassent connaissance.

Lucas sembla chercher ses mots. Lui, que rien ne choquait jamais, semblait désarçonné pour la première fois de son existence.

— Je pensais que tu ne savais pas qui c'était, répondit-il enfin en la dévisageant, comme pour mesurer l'entendue de ses mensonges.

— C'est vrai. Je viens de découvrir son identité par hasard et je me suis dit que je devais lui parler de Sóley. On en a discuté, et il veut la connaître.

— C'était quand ?

— Il y a quelques jours.

— Quoi ? Et il t'a juste demandé de partir en Islande avec lui ?

— Oui.

— Et tu as accepté ?

Elle se contenta d'acquiescer. Dit comme ça, ça semblait complètement fou. Mais à vrai dire il ne lui avait pas vraiment demandé son avis… Elle n'avait aucun mal à imaginer la réaction de son frère si elle lui disait qu'elle n'avait pas eu le choix. Il serait furieux. Et il aurait raison. Mais la colère n'y changerait rien. Ragnar était le père de Sóley et il était en droit de connaître sa fille.

À moins que ce ne soit pas la seule raison qui l'ait poussée à accepter ? Avec un frisson, Lottie se remémora ce bref instant dans la cuisine où la tension entre eux avait fait place à autre chose. Une autre sorte de tumulte, d'urgence. La proximité de leurs corps, l'émotion du moment, avaient brusquement ressuscité la force qui les avait poussés l'un vers l'autre deux ans plus tôt. Soudain, impossible de nier plus longtemps l'évidence : elle désirait encore Ragnar. Follement.

Hors de question, cependant, de partager ces détails avec son frère. Elle lui jeta un regard. Il affichait son calme habituel, mais elle le connaissait assez bien pour sentir la tension qui émanait de lui.

— Tu penses que c'est une mauvaise idée.

Il secoua la tête.

— Non, je suis juste vexé que tu ne m'en aies pas parlé.

Elle attrapa sa main.

— J'en avais envie. Vraiment. Mais j'avais peur de ta réaction. Et de celle de maman. Je ne voulais pas vous décevoir.

— Nous décevoir ? Sóley est ta fille, c'est à toi de décider si elle doit connaître son père ou pas. Pas à maman ou moi.

— Je sais. Mais ça vous est tellement égal à maman et toi, qu'on ait grandi sans père. J'avais peur que tu ne comprennes pas.

Son frère serra sa main dans la sienne.

— C'est vrai, je m'en fiche. Mais je sais que ce n'est pas ton cas. On est différents, mais tu es ma sœur, je te soutiendrai toujours.

Le cœur gonflé de gratitude, Lottie se sentait libérée d'un poids. Ce n'était pas que le soulagement d'avoir enfin avoué la vérité à son frère. Non, c'était aussi le naturel avec lequel il l'avait rassurée sur la force de leur lien. Elle en avait plus que jamais besoin pour affronter les semaines qui s'annonçaient.

— Mais ce n'est pas une raison pour te précipiter. Je comprends que tu en aies envie, mais, il ne va pas disparaître du jour au lendemain.

Ils avaient maintenant atteint le bord de la rivière, et elle contempla un instant leur reflet dans l'eau. Disparaître, non. Mais un jour il n'y aurait peut-être plus de place pour Sóley dans sa vie. Comme il n'y avait plus de place pour elle dans la vie de son père.

— Je sais. Mais je ne veux pas prendre ce risque avec Ragnar.

Lorsqu'elle releva la tête vers Lucas, il la dévisageait, visiblement stupéfait.

— Ragnar ? Ragnar Stone est le père de Sóley ?

Ce n'était pas vraiment une question. Aussi se contenta-t-elle d'un hochement de tête.

— Je comprends mieux pourquoi vous allez en Islande ! Et il y a une autre raison pour que tu veuilles passer quelques semaines avec lui ?

Lottie se sentit rougir.

— Bien sûr que non. Il n'y aura jamais rien entre nous. Je veux juste que Sóley connaisse son père.

Hélas, sa voix la trahissait. Elle avait répondu trop vite, trop fort. Complètement sur la défensive.

— Il te plaît toujours, lâcha Lucas.

— Non. Enfin, je ne sais pas. Peut-être. Je veux dire, je ne l'apprécie pas vraiment.

Lucas lui laissa le temps de rassembler ses idées avant d'insister.

— Qu'est-ce qui te plaît chez lui alors ?

Ce qui lui plaisait ? Sa peau. La courbe de ses muscles. La façon dont ses cheveux dissimulaient une partie de son visage lorsqu'il se penchait vers elle pour l'embrasser.

— Je ne sais pas, mentit-elle. Je me suis vraiment sentie bien avec lui, cette nuit-là.

« Sentie bien… » Elle en aurait ri si ce n'était pas si triste. C'était si loin de la vérité.

Cette nuit avait été magique. Un tourbillon de sensations bouleversantes. Elle aurait voulu qu'elle dure toujours. Ne jamais quitter cette chambre d'hôtel. Jamais elle ne s'était sentie si vivante, si sûre d'elle. Comme si chaque fibre de son être, corps et esprit, était entièrement tournée vers Ragnar. Rien d'autre n'avait d'importance.

Sauf qu'elle savait à présent qu'elle s'était trompée sur toute la ligne. Pas de magie ou de communion du corps et de l'esprit, en ce qui le concernait.

— Tu me trouves idiote ?

Lucas et elle étaient si différents. Son frère aimait les femmes mais ne ressentait jamais le besoin de s'attacher à l'une d'entre elles en particulier. Elles passaient dans sa vie, et cela semblait leur convenir aussi bien qu'à lui. Il sembla hésiter un long moment avant de lui répondre, choisir soigneusement ses mots.

— Vous avez fait Sóley ensemble, et ce n'est pas rien. Mais je pense qu'il faut faire attention à ne pas compliquer une situation qui va déjà demander beaucoup d'ajustements et de compromis.

Il avait raison, bien sûr. Quelle que soit la force de son attirance pour Ragnar, y céder ne ferait que la perturber. Ils avaient eu leur chance, mais le moment était passé. Point.

Quand son jet privé amorça sa descente vers Reykjavik, Ragnar sentit son pouls accélérer. Dans moins d'une demi-heure, ils seraient dans l'hélicoptère qui les conduirait chez lui. Alors, enfin, il pourrait faire connaissance avec sa fille.

Sa fille…

Il avait toujours du mal à s'y habituer. Devenir père n'avait jamais fait partie de ses plans. Pas avant longtemps. Peut-être même jamais. Mais il avait rencontré Lottie, et à la seconde où il l'avait embrassée, au milieu de cette rue londonienne, sa vie avait basculé à jamais.

Il laissa son regard dériver vers l'autre bout de la cabine où la jeune femme était assise, le regard tourné vers le hublot. Face à elle, Sóley était allongée sur une banquette, son doudou serré contre elle. Elle dormait, son petit corps se soulevant doucement au rythme de sa respiration.

Ragnar sentit son cœur se gonfler d'amour. Comme prévu, ses avocats avaient demandé un test de paternité. Et comme prévu, il s'était révélé positif. En ce qui le concernait, Sóley avait été sa fille dès la première seconde. Et pas seulement à cause de leur ressemblance physique.

L'amour inconditionnel et immédiat qu'elle lui avait inspiré dépassait tout ce qu'il avait pu ressentir jusqu'à présent.

Elle était si petite, si fragile… Comment pourrait-elle affronter le chaos de la vie. Le chaos de sa famille ? Cet assemblage disparate de parents et d'enfants, liés par le sang ou le mariage qui constituait sa famille. Ils étaient capricieux, égoïstes, irréfléchis, mais il les aimait. Tous. Ils étaient si pleins de vie et passionnés, vibrants… Mais, d'aussi loin qu'il s'en souvienne, il avait toujours ressenti le besoin de se protéger de ce tourbillon. Il était la montagne, immobile et immuable au cœur de la tempête. Avec le temps, il était devenu l'arbitre de leurs déchirements et drames successifs. Cela demandait une patience et une diplomatie hors du commun, mais c'était le prix de sa tranquillité.

Sauf qu'il s'apprêtait à plonger au cœur d'une famille visiblement tout aussi dysfonctionnelle. La famille de Lottie…

Le peu qu'il avait vu à la galerie l'avait convaincu de faire appel à son chef de la sécurité pour mener discrètement l'enquête. Et le dossier qui avait atterri sur son bureau quelques jours plus tard n'avait rien de rassurant. Aussi bien Izzy, la mère de Lottie, que Lucas, son frère, semblaient mener des vies pour le moins atypiques. Ils restaient rarement dans la même ville plus d'un an ou deux, multipliant les expériences professionnelles et les aventures amoureuses.

Lottie, elle, avait une adresse stable au moins. Et elle était propriétaire de sa maison. Mais savoir sa fille livrée au chaos que cette famille traînait dans son sillage lui était insupportable.

Sur une impulsion, il se leva et s'approcha de Lottie.

— Je peux m'asseoir ?

La jeune femme leva les yeux vers lui. Des yeux qui avaient la teinte chaude du miel produit sur ses terres. Comment avait-il pu penser qu'ils étaient quelconques ? Ces yeux et la palette des émotions qu'ils savaient transmettre n'avaient rien de quelconque. Et, en cet instant, ils indiquaient une sorte de réserve distante.

— Bien sûr, c'est ton avion.

Elle avait visiblement du mal à accepter qu'il lui ait forcé la main pour ce voyage. Et la rapidité avec laquelle il avait organisé leur départ. Mais il avait déjà perdu tellement de temps avec sa fille… Il ne pouvait pas se permettre de laisser les choses se faire naturellement.

— J'ai pensé que ça serait plus confortable pour Sóley. Je veux juste passer du temps avec elle.

— Rien ne t'empêchait de le faire en Angleterre.

— Je t'ai dit que j'avais besoin de faire une pause de temps en temps.

— Et c'est à Sóley et moi de nous adapter à ton emploi du temps, naturellement. Je pensais que son bien-être était ta principale préoccupation ?

Face à lui, Lottie avait les traits tirés et les yeux cernés. De toute évidence, elle n'avait pas assez dormi ces derniers temps. Était-il la cause de ses insomnies ?

Ce ne serait qu'un juste retour des choses. Depuis qu'elle avait refait irruption dans sa vie, ses propres nuits avaient été anormalement mouvementées. Il passait des heures éveillé dans son lit, hanté par l'image du corps nu de Lottie contre le sien. Et quand il finissait enfin par s'endormir, c'était pour se réveiller en sursaut après quelques heures à peine, l'esprit plein de rêves érotiques. Il se força à chasser ces images avant de répondre d'un ton ferme.

— C'est le cas. L'Islande, c'est chez moi. Je veux que ma fille connaisse la terre qui m'a vu naître.

— Elle n'a même pas un an. Elle ne s'en souviendra pas, répondit-elle, la voix tremblant de colère.

Certes, la situation devait être inconfortable pour Lottie, mais était-elle obligée de lui faire une scène à chaque fois que quelque chose la contrariait ?

— Tu as décidé d'être têtue ? Pourquoi est-ce si difficile de croire que c'est sincèrement important pour moi que ma fille connaisse mon pays ?

— Je ne suis pas têtue. Un peu cynique peut-être. D'expérience, tes motivations ne sont pas toujours parfaitement honnêtes…

— Pardon ?

Il n'aurait pas dû réagir, c'était stupide. Il le savait, ce genre de conversation ne menait jamais à rien. Mais, il sentait son contrôle lui échapper. Cette femme avait cet effet sur lui. Elle lui faisait perdre son calme légendaire.

— Tu m'as menti, répondit-elle. Tu ne m'as pas dit, cette nuit-là, que tu cherchais seulement à tester ton application. Ni même que c'était ton application, d'ailleurs. Alors tu m'excuseras de ne pas forcément croire en ta sincérité.

Il n'en croyait pas ses oreilles.

— Tu penses que c'est ce qui s'est passé entre nous cette nuit-là ? Un test ? Tu as raison, tu es vraiment cynique.

— Et toi un sale manipulateur ! s'exclama-t-elle, le regard brillant de fureur.

Il aurait voulu rester en colère, lui aussi. C'était exactement le genre d'accusation absurde et disproportionnée qu'il détestait ! Mais comment l'aurait-il pu quand la fureur donnait à son regard un éclat si proche de la passion ? Un éclat qu'il avait tant de fois rêvé d'y retrouver en des circonstances bien différentes…

— Pas avec toi. Pas cette nuit-là, crois-moi.

Tandis que les mots faisaient leur chemin en elle, il observa les joues de Lottie prendre une délicieuse teinte rosée, et ils se mesurèrent longuement du regard, unis dans le souvenir de cette inoubliable nuit de mars.

La voix de l'hôtesse de l'air brisa le silence.

— Monsieur Stone, mademoiselle Dawson, nous nous apprêtons à atterrir. Est-ce que je peux vous demander de vous attacher ? Et je suis désolée, mais il faut réveiller la petite aussi.

— Bien sûr, répondit-il avec plus de calme qu'il n'en ressentait.

Il aurait dû être reconnaissant de cette interruption. En présence de Lottie, ses pensées dérivaient bien trop vite. Il devait se tenir éloigné d'elle. Jamais il n'oublierait leur nuit de passion, mais il aimait la petite fille qui en était née de tout son cœur et il jurait de la protéger. Une telle passion ne pouvait, d'expérience, qu'être dévastatrice. Comment serait-elle compatible avec le calme et la stabilité dont sa fille avait besoin pour s'épanouir ?

4.

L'Islande ne ressemblait en rien à l'idée que Lottie s'en était faite. Ils avaient atterri depuis deux heures à peine et déjà le ciel avait changé de couleur un nombre incalculable de fois. De lourds nuages gris laissaient place à un éclatant soleil avant d'être remplacés par un voile de brouillard diffus. Mais si le temps était capricieux, la terre, elle, était de toute beauté.

À travers le hublot de l'hélicoptère, le paysage qui s'offrait à elle ne ressemblait à rien qu'elle ait déjà vu. D'énormes rochers, qui semblaient avoir été déposés là par des géants, s'élevaient à perte de vue sur un tapis de mousse jaune au milieu duquel une rivière creusait une gorge profonde.

C'était sublime, inconnu et intimidant… à l'image de Ragnar lui-même. Sauf que les rochers et les rivières n'avaient pas d'arrière-pensée, eux…

Lottie tenta de se concentrer sur le paysage qui défilait sous ses yeux, mais le malaise qui s'était emparé d'elle lorsqu'ils avaient atterri à Reykjavik ne cessait de grandir. Naïvement, elle avait cru que la propriété de Ragnar se situait dans la capitale islandaise, pas au fin fond du monde connu. Plus l'hélicoptère s'enfonçait dans les steppes, plus les habitations se faisaient rares, ainsi que tout signe de vie humaine. Une rapide recherche sur son téléphone portable avait confirmé ses craintes : Tröllaskagi se trouvait à l'extrême pointe nord du pays. Plus loin, il n'y avait plus que la mer jusqu'au pôle Arctique. Il aurait tout aussi bien pu les amener sur la lune…

Lottie jeta un regard en direction de Ragnar. Assis de l'autre côté de la cabine, il semblait plongé dans la contemplation du paysage qui s'étendait sous leurs yeux. Simplement vêtu d'un jean, d'une veste épaisse et d'une paire de bottes, il aurait pu passer pour un simple touriste en visite dans ces contrées glacées. Mais rien en lui n'était simple. Et c'était sans parler de son immense richesse ou son intimidante beauté. Non, c'était plus que cela. Une présence.

Lottie sentit son pouls accélérer. Ils n'avaient passé que quelques heures ensemble et, pourtant, leur souvenir hantait chacune de ses nuits depuis. Avant même de quitter l'Angleterre, la simple idée de passer trois semaines avec lui, la déstabilisait. Mais être coincés ensemble dans cette cabine exiguë lui faisait tout simplement perdre la tête. Elle aurait voulu lutter, hélas, il fallait se rendre à l'évidence : à son contact, il suffisait d'une étincelle pour qu'elle s'enflamme. Comme à cet instant, dans l'avion, quelques heures plus tôt. Ils se disputaient, furieux, et tout à coup, en moins d'une seconde, tout s'était figé dans la cabine où n'existait plus que leur désir.

Et maintenant ils allaient passer trois semaines en tête à tête, loin de tout autre être humain, ne pouvant compter que sur leur propre contrôle pour s'empêcher de commettre une terrible erreur.

Elle aurait voulu faire demi-tour, ou tout au moins exiger qu'ils retournent à la civilisation, à Reykjavik. Mais il ne l'écouterait pas. Et elle ne voulait pas lui donner une nouvelle occasion de l'accuser d'être sujette aux accès de colère.

Le regard résolument tourné vers la vitre, elle s'oublia dans la contemplation du paysage, qui devenait plus blanc avec un ciel plus sombre, au fur et à mesure qu'ils avançaient.

Enfin, l'hélicoptère se posa. Sa fille farouchement serrée contre elle, les pieds enfoncés dans la neige immaculée, Lottie regarda la bâtisse qui se dressait face à elle. Sans le bruit de l'hélicoptère, le silence ouaté qui les enveloppait devenait presque assourdissant. Elle se sentait piégée. Prisonnière. Quand elle avait accepté l'invitation de Ragnar, elle avait pensé que si les choses se passaient mal, elle pourrait toujours appeler un taxi et partir. Il y avait bien l'hélicoptère posé devant la maison, comme une libellule géante recouverte de neige… Mais ce n'était certainement pas elle qui allait le piloter, et il était hors de question de partir à pied dans la neige avec un bébé…

— Bienvenue chez moi.

La voix de Ragnar déchira le silence, ferme et résolue. Un éclat de soleil tombait sur son visage, soulignant le contour de sa mâchoire décidée et le blond aveuglant de ses cheveux. Dans ce décor, il ressemblait plus à un guerrier nordique de retour chez lui après une longue absence qu'au tout-puissant P-DG des nouvelles technologies qu'il était à Londres.

— Entrons, ajouta-t-il, je vais te montrer la maison et vos chambres.

Une maison ? Elle aurait plutôt dit une tanière, perdue en pleine nature, un refuge loin de toute civilisation. Avec ses murs d'un blanc immaculé et sa structure en bois, le bâtiment se fondait parfaitement dans le décor.

L'intérieur n'était pas moins impressionnant. Sa maison tout entière aurait pu tenir dans le hall d'entrée, et chaque pièce était soigneusement décorée dans le plus pur style minimaliste scandinave, bien loin de l'amoncellement de vêtements de bébés, matériel de puériculture et magazines divers éparpillé dans chaque recoin de sa propre demeure.

— Voilà la chambre de Sóley. La lumière du matin est plus douce de ce côté de la maison. Et le paysage spectaculaire.

Ils étaient à l'étage à présent, et elle pénétra sans un mot dans la chambre que lui désignait Ragnar. C'était une très belle chambre, le genre de chambre de bébé aux teintes pastel qui peuplait les pages des magazines de décoration. Un berceau et un fauteuil à bascule se faisaient face, tandis qu'un coffre débordant de peluches duveteuses était posé contre le mur. Les murs avaient une jolie couleur lilas qui lui rappelait ceux qui poussaient dans son petit jardin. Mais ce n'était pas le soin apporté à l'aménagement de cette chambre d'enfant qui la bouleversait. Non, c'était les deux œuvres affichées au mur. Ses œuvres.

— Ce sont mes tableaux.

Stupéfaite, elle rassembla ses idées avant de poursuivre.

— C'est toi qui as demandé à Roley's de les acheter ?

Sa conversation avec Georgina lui revint en mémoire : « Tu connais ce genre de collectionneur… Ils adorent les nouveaux artistes à la mode mais tiennent plus encore à leur anonymat. » C'était vrai. Sauf que ces riches collectionneurs n'avaient généralement pas eu un enfant avec ladite artiste. Ce n'était pas d'excitation de la découverte dont il était question ici, c'était de manipulation. Elle avait refusé l'argent de Ragnar, alors il avait trouvé un moyen de contourner sa volonté. Comme toujours, il était parvenu à ses fins. Et s'était approprié un petit morceau d'elle-même au passage…

— Je te rembourserai, laissa-t-elle tomber.

Sa voix était sèche, mais elle s'en moquait. Il fallait que cet homme comprenne qu'elle ne se laisserait pas manipuler sans réagir.

— Pardon ?

— Pour les tableaux. Je t'ai dit que je ne voulais pas de ton argent. Sóley et moi ne sommes pas une de tes œuvres de charité. Que ça te plaise ou non, je ne suis pas une artiste sans le sou.

Sóley se contorsionna dans ses bras, attirée par une peluche colorée qui dépassait du coffre en bois. Ravie de cette occasion de clore définitivement la conversation, Lottie se pencha pour poser sa fille sur le sol.

C'était mal connaître Ragnar.

— Ça va toujours être comme ça entre nous ? demanda-t-il d'une voix dangereusement calme. Ou est-ce qu'il y a la moindre chance que tu arrives à ne plus prêter les intentions les plus détestables à chacune de mes actions, un jour ?

— Comment ça ? bégaya-t-elle, prise de court.

— Je n'ai pas acheté tes œuvres par charité. Je suis passé à la galerie pour te voir mais tu n'étais pas là. Je n'avais pas prévu d'acheter quoi que ce soit, mais j'ai changé d'avis en voyant ces deux tableaux. Tu n'es pas obligée de me croire, mais je les ai achetés parce que je les trouve beaux… et pour Sóley. Je me doute qu'elle ne reconnaît pas encore ton travail, mais je voulais qu'elle ait quelque chose de toi ici.

Malgré elle, Lottie sentit une vague de honte l'envahir. Comment aurait-elle pu deviner ? Jusqu'à présent, il ne lui avait pas donné beaucoup de raison de le croire si attentionné. S'il s'était montré un amant attentif et passionné, elle avait aussi compris qu'il était un redoutable homme d'affaires prêt à tout pour parvenir à ses fins.

Ces différentes facettes étaient si contradictoires, si déstabilisantes… Elle aurait voulu rester en colère, tout était tellement plus simple alors. Mais cela ne lui ressemblait pas. Elle s'était montrée injuste et elle devait assumer.

— Je suis désolée. Tu as raison, j'ai réagi avec excès. Je n'essaye pas de rendre les choses compliquées entre nous, je te le jure.

De petites mains agrippées à ses mollets lui firent baisser la tête. Sóley se dressait maladroitement sur ses jambes.

— Est-ce qu'elle marche ?

— Pas encore, presque.

Comme pour illustrer ses dires, Sóley leva doucement un pied et le posa délicatement sur le sol. Elle essaya de reproduire le mouvement avec l'autre jambe mais connu moins de succès et se retrouva sur les fesses.

Lottie se pencha.

— Viens mon cœur.

Mais sa fille avait visiblement une autre idée en tête. Le cœur battant, Lottie la regarda ramper vers Ragnar et agripper ses petits bras autour de sa jambe.

— Je peux ? demanda Ragnar.

Avec un mélange de fierté et de panique, Lottie le regarda se baisser pour soulever leur fille dans ses bras. Sóley sembla hésiter un instant, puis elle se serra contre lui et enfouit son visage dans le creux du cou de son père. Lottie chancela. C'était la scène dont elle avait tant rêvé. Et pourtant les émotions qui la traversaient étaient complètement incompréhensibles, un mélange de peur et d'euphorie.

Rien n'aurait pu la préparer non plus à l'expression sur le visage de Ragnar. Cette fascination, ce bonheur total, si semblable à sa propre réaction la première fois qu'elle avait tenu leur fille dans ses bras.

— Et voilà ta chambre, dit-il enfin, en désignant la porte voisine. J'ai pensé que tu voudrais être proche de Sóley.

— Merci.

— Et ma chambre est juste un peu plus loin dans le couloir, si besoin.

C'était purement informatif, elle le savait. Pourtant, l'idée qu'il dormirait là, à quelques mètres d'elle à peine, suffisait à faire battre son pouls plus vite. Était-ce cette lueur dans le regard de Ragnar posé sur elle ? Le souvenir de ce moment dans l'avion où ils avaient été si proches de basculer ?

— Parfait, répondit-elle en détournant le regard.

Le reste de la visite se passa sans événement notable. Comme on pouvait s'y attendre, la maison était somptueuse. Et c'était sans même tenir compte de la piscine naturelle et du reste du domaine.

Prétextant la fatigue du voyage, Lottie se retira avec Sóley dans la chambre d'enfant et regarda sa fille s'approprier son nouvel environnement. C'était comme reprendre son souffle pour la première fois depuis des heures. Après cette journée entière de proximité forcée, elle savourait ce calme et cette absence de tension sexuelle.

Hélas, l'heure du repas de Sóley approchait déjà. Avec tous les bouleversements en cours, elle tenait plus que jamais à lui offrir un rythme stable. Rassemblant toute sa volonté, Lottie souleva sa fille dans ses bras et descendit vers la cuisine.

Signy, la femme de ménage de Ragnar, l'aida à se repérer dans la luxueuse cuisine professionnelle.

— S'il manque quoi que ce soit, n'hésitez pas à me le dire et je le ferai livrer.

— Je crois que vous avez tout ce qu'il faut, ne vous inquiétez pas, répondit Lottie avec un naturel qu'elle était loin de ressentir.

Sa propre cuisine aux placards à moitié vides faisait pâle figure face aux étagères parfaitement garnies et ordonnées de Signy. Heureusement, Sóley ne semblait pas le moins du monde impressionnée. Ravie de sa nouvelle chaise haute, elle jouait du tambour sur son gobelet en plastique et recrachait ses petits pois dans des éclats de rire. Enfin détendue, Lottie se laissa gagner par l'hilarité de sa fille.

— Je ne me doutais pas que les légumes étaient si amusants.

Ragnar ! Un long frisson la traversa. Il lui faudrait du temps pour s'habituer à sa présence. Mais elle y parviendrait. Bientôt, il perdrait le pouvoir de l'enflammer par sa seule présence.

— Elle non plus… jusqu'à la semaine dernière. C'est son nouveau jeu préféré, répondit-elle d'un ton aussi détaché que possible.

C'était si difficile d'être indifférente à sa présence ! Quand il entrait dans une pièce, c'était comme si l'espace diminuait autour de lui, il prenait toute la place. Pas uniquement parce qu'il était physiquement impressionnant, non, c'était plutôt l'autorité tranquille qui se dégageait de lui, la concentration qu'il mettait dans chacun de ses mouvements.

— Est-ce qu'elle prend un dessert ? Ou peut-être est-elle encore trop petite ?

— Non, non, elle prend un dessert.

L'estomac noué, elle s'écarta pour le laisser prendre sa place face à la chaise haute de leur fille. Elle n'avait aucune raison de se sentir jalouse ou trahie, n'est-ce pas ? Alors pourquoi était-il si difficile de regarder sa fille engloutir sans broncher les cuillerées de yaourt qu'il lui tendait.

Ils apprenaient à se connaître. C'était ce qu'elle avait désiré plus que tout. Et pourtant…

Sur une impulsion, elle sortit sa fille de la chaise haute.

— Je monte la coucher.

Il attendait qu'elle lui propose de les accompagner, elle le devinait. Et c'était ce qu'elle aurait dû faire. Mais elle s'en sentait incapable. Après un long silence, il se contenta d'acquiescer.

— D'accord, je monterai l'embrasser tout à l'heure.

Une fois à l'abri dans la chambre de Sóley, Lottie s'autorisa à pousser un soupir de soulagement. Sa fille adorait les petits rituels du coucher mais, ce soir, elle semblait épuisée. D'ailleurs, elle s'endormit avant même d'avoir fini son biberon. Lottie la posa précautionneusement dans son berceau et la borda tendrement. Où était son doudou ? Sóley n'avait jamais réussi à dormir sans M. Shishkin. Sans bruit, Lottie retourna dans sa chambre, puis dans la salle de bains à la recherche de l'ours en peluche. Sans succès.

Peut-être était-il mélangé aux autres jouets dans la chambre ? Elle s'apprêtait à entrer dans la chambre de Sóley lorsqu'elle se figea.

Ragnar se tenait dans l'obscurité, penché sur le berceau de leur fille.

— Qu'est-ce que tu fais là ?

Il se redressa et lui tendit quelque chose qu'elle ne parvint pas à distinguer.

— Je l'ai trouvé en bas. Il m'a semblé qu'elle y était assez attachée, je me suis dit qu'elle en aurait peut-être besoin pour dormir ?

Un doux sourire éclairait son visage et, pour la première fois de sa vie, Lottie comprit la signification de l'expression « avoir des papillons dans le ventre ». C'était comme si des centaines de papillons, voletaient dans son estomac, la chatouillant de leurs ailes multicolores.

— Il s'appelle M. Shishkin.

Comme il la dévisageait avec curiosité, elle ajouta :

— Pour Ivan Shishkin, le peintre russe. C'est une longue histoire. Lucas m'avait envoyé une carte postale représentant un ours peint par Shishkin, lors d'un voyage en Russie, alors quand il a offert cet ours à Sóley à sa naissance… Bref, merci de l'avoir monté.

Avec un sourire forcé, elle lui prit M. Shishkin des mains et le posa contre le corps de leur fille endormie.

— C'est moi qui devrais te remercier, murmura-t-il.

— De quoi ?

Il lui tint la porte ouverte pour qu'elle puisse sortir de la chambre et la referma doucement derrière eux avant de répondre.

— De me faire une place dans sa vie. Je sais que ça ne doit pas être facile de devoir tout à coup la partager. Je ne crois pas te l'avoir dit encore, mais merci d'être venue me trouver. Si tu ne l'avais pas fait, si tu n'avais pas dépassé ce que tu penses de moi pour me prévenir… je ne l'aurais jamais connue.

Il était sincère. Elle le devinait à l'intonation de sa voix.

— Ce que je pense de toi ?

— Je vois bien que tu ne m'apprécies pas beaucoup.

— Non, ce n'est pas… Ce n'est pas que je ne t'apprécie pas. Je…

— Tu ne me fais pas confiance.

Elle hésita brièvement.

— Oui, voilà.

Il sembla chercher ses mots à son tour, avant de reprendre.

— Je comprends. Mais si on veut que ça fonctionne, cela doit changer. Et je sais que c'est à moi de te convaincre. Je ferai tout ce qui est en mon pouvoir pour gagner ta confiance. Je pense que la première étape est de communiquer et d'être honnêtes l'un envers l'autre. On pourrait commencer en dînant ensemble, par exemple ?

Sous le poids de son regard bleu acier, si clair et limpide, elle se sentit frissonner.

Dîner avec Ragnar était une mauvaise idée. Elle avait un souvenir très précis de la façon dont leur seul dîner ensemble s'était terminé. Les lumières tamisées, le vin rouge, leurs mains qui se cherchaient sur la table…

— J'avais prévu de me coucher tôt. C'était une longue journée.

— S'il te plaît, Lottie, insista-t-il. Cela nous permettra de discuter. Et Signy a déjà préparé le repas.

Il était charmant. Comment résister à cette invitation ?

Une heure plus tard, devant le contenu de sa valise étalé sur le lit, Lotie commençait à regretter sa décision. Elle ne cherchait pas à impressionner Ragnar, non, mais elle n'avait aucune idée de ce qu'il convenait de porter en pareille circonstance. À la maison, elle se contentait de superposer pulls et T-shirts, sa principale préoccupation étant de ne pas avoir froid…

Avec un soupir, elle se décida pour un jean gris clair ajusté et un simple pull en mailles noir. L'estomac noué, elle descendit rejoindre Ragnar. Elle s'était attendue à dîner sur le comptoir de la cuisine, mais elle trouva la table dressée pour deux dans un coin du salon. Tout était à la fois luxueux et d'un goût parfait. On était loin du cliché du dîner aux chandelles et, pourtant, le cadre était très intimiste. La table à elle seule était une véritable œuvre d'art d'inspiration industrielle, et une sorte de cheminée suspendue diffusait une douce lumière dans la pièce. Ragnar se leva à son approche, et elle sentit ses jambes se dérober sous elle. Vêtu d'un jean et d'un pull noirs, ses cheveux blonds formant une auréole dorée autour de son visage, il était tout simplement spectaculaire. Le désir fait homme.

— Tu as faim ?

— Je suis affamée, parvint-elle à articuler.

Et elle l'était. Mais en cet instant, ce n'était pas de

nourriture qu'elle avait faim. C'était de lui. Du contact de son corps, de sa peau.

— Dînons, alors.

Le repas était à la fois simple et délicieux. Des moules en entrée, un carré d'agneau caramélisé accompagné de pommes de terre et une glace au laurier en dessert. Elle n'avait jamais particulièrement apprécié le vin, mais elle devait reconnaître que celui que lui servit Ragnar était exceptionnel.

Durant le dîner, ils firent tous les deux un effort pour éviter les sujets épineux, et elle se sentit peu à peu plus détendue. Ragnar était différent des hommes qu'elle avait l'habitude de fréquenter. C'était si rare de discuter avec un homme qui savait parler de tout et de rien avec intérêt et intelligence. Et il semblait fasciné par le moindre détail concernant leur fille.

Tandis que Signy débarrassait la table, il se laissa aller contre le dossier de son siège et la fixa avec attention.

— Ça n'a pas dû être facile tous les jours de s'occuper seule d'un bébé tout en poursuivant ta carrière. Je veux que tu saches que tu n'es plus seule. Je ferai tout mon possible pour t'aider !

— Merci. Mais ne crois surtout pas que c'était un fardeau. Ma famille m'a beaucoup soutenue, et Sóley est si facile à vivre… En fait, elle ressemble plus à Lucas qu'à moi sur ce point.

Le visage de Ragnar sembla se fermer à ces mots, mais avant qu'elle n'ait eu le temps de l'interroger, il demanda.

— Et sur quels points est-ce qu'elle te ressemble à toi ?

À elle ? C'était une question qu'elle ne s'était jamais posée. Qu'elle n'avait jamais eu besoin de se poser… Tant qu'elle était l'unique parent de Sóley. Elles étaient simplement indissociables. Mais était-ce encore le cas ? En quoi est-ce que sa fille lui ressemblait ? Physiquement, c'était le portrait craché de Ragnar, et son caractère était clairement celui de Lucas.

— Je ne sais pas, dut-elle admettre avec réticence.

Les mains tremblantes, elle sentit une sorte de panique l'envahir. Il avait suffi d'une simple question pour remettre complètement en cause son lien avec Sóley.

— Pour moi c'est évident. Elle a ta façon de se concentrer... Vous avez exactement la même petite ride, juste ici quand vous réfléchissez, ajouta-t-il en lui effleurant le front du bout des doigts, par-dessus la table.

Le cœur battant, Lottie ferma les yeux. Il avait raison. Sóley et elle avaient cette même façon de se concentrer. Et le fait que Ragnar l'ait remarqué la bouleversait.

— Elle ne se contente pas d'observer ce qui se passe autour d'elle, elle y met toute son attention. Comme si elle pressentait qu'il y a toujours quelque chose à découvrir derrière la façade, ajouta-t-il en faisant glisser sa main le long de son visage.

Sa paume était douce et chaude. Instinctivement, Lottie pressa la joue contre sa main. Le regard planté dans celui de Ragnar, elle distingua son propre reflet au fond de ses pupilles. Le même désir se reflétait dans leurs yeux.

Autour d'elle, les lumières se mirent à danser, et une sorte de vertige s'empara d'elle. Elle aurait voulu accuser le vin mais elle y avait à peine touché. Non, c'était Ragnar, sa présence, le contact de sa peau, qui lui faisaient perdre ses moyens.

Elle tendit une main tremblante vers la carafe d'eau, mais il la devança, et elle saisit le verre d'eau qu'il lui tendait avec reconnaissance.

— Merci. Je ne sais pas ce qui m'arrive, je dois être fatiguée... Je vais monter me coucher.

— Bien sûr.

Comme elle s'apprêtait à se lever, il sortit une enveloppe de sa poche.

— Je voulais te donner ça. Ce n'est pas urgent, mais j'aimerais que tu y jettes un coup d'œil quand tu auras un moment.

Confuse, elle tenta de reprendre ses esprits.

— Qu'est-ce que c'est ?

— Une lettre de mes avocats qui décrit mes relations futures avec Sóley.

Le regard de Ragnar avait repris sa teinte glaciale, et l'humiliation lui brûla les joues. Comment avait-elle pu se montrer aussi idiote ? Il l'avait prévenue… « Je ferai tout ce qui est en mon pouvoir pour gagner ta confiance. » Et c'était ce qu'il avait fait.

En redoutable homme d'affaires, il avait identifié son point faible et s'en était servi. Et, elle, elle s'était laissée faire. Elle avait baissé la garde, avait laissé ses émotions s'emballer, tandis que tout n'était qu'un jeu de pouvoir pour lui.

Bouleversée par la vision de ses tableaux dans la chambre de Sóley, elle n'avait pas cherché à voir plus loin. Mais c'était si évident. Cette grande chambre magnifiquement meublée lui présentait l'avenir de sa fille. Un avenir dans lequel un chauffeur viendrait chercher Sóley pour l'amener, à bord d'un jet privé, passer du temps chez son père. Un avenir dont elle-même serait exclue. À peine avait-elle présenté sa fille à Ragnar qu'il ne pensait déjà plus qu'à se débarrasser d'elle.

Elle se leva, saisit l'enveloppe et laissa tomber d'un ton sec.

— Parfait. Je la transmettrai à mon avocat.

Elle bluffait, bien sûr. Elle n'avait pas d'avocat. Mais elle voulait le mettre dans sa position. Qu'il ressente, ne serait-ce que pour une seconde, cette sensation de panique et d'impuissance.

Puis, sans un mot de plus, elle tourna les talons et sortit de la pièce.

5.

Que venait-il de se passer ? Ragnar n'en revenait pas. Ce n'était pas de voir quelqu'un quitter la pièce dans un éclat de colère qui l'étonnait. Ça, malheureusement, il n'y était que trop habitué. Non, c'était son propre rôle dans la scène qui venait de se jouer. Il avait l'habitude d'être un simple spectateur dans les drames des autres, pas le personnage principal !

Mais avec Lottie, il semblait toujours se retrouver dans l'œil du cyclone. Et voilà qu'elle l'avait planté là, au milieu d'une phrase.

Une part de lui aurait voulu la rattraper et exiger qu'elle se comporte en adulte et termine cette discussion. Mais à quoi bon quand il ne savait même pas ce qu'il aurait voulu lui dire ?

Il ne parvenait même pas à comprendre comment une soirée qui avait si bien commencé avait pu aussi mal se terminer.

Le comportement de cette femme était tout bonnement incompréhensible. Quand ils avaient discuté sur le palier de la chambre de Sóley, ils semblaient sur la même longueur d'onde. C'était même la première fois qu'ils avaient une conversation normale depuis qu'elle avait refait irruption dans sa vie. Il l'avait vue se détendre, enfin. Et il avait apprécié cette sensation… Il avait l'impression de retrouver la femme qu'il avait rencontrée deux ans plus tôt.

Cette nuit de mars… Ils avaient à peine passé quelques

heures ensemble, mais elles avaient laissé une empreinte indélébile en lui, l'impression de la connaître depuis toujours.

Quand il l'avait vue arriver ce soir-là, elle était à la fois rigoureusement semblable à sa photo de profil et tout à fait différente. Ses cheveux étaient bien châtains, mais l'appareil-photo n'avait pas su capturer leurs reflets dorés, ni la douceur de son regard, de son sourire. Et surtout il y avait cette voix…

Il aurait pu l'écouter des heures lire l'annuaire. Exactement comme pendant le dîner, quand elle lui parlait de leur fille. Ce soir, tout comme deux ans plus tôt, il avait passé la soirée à se retenir de l'embrasser. Mais inutile de se torturer à présent avec le souvenir de la douceur de ses lèvres sous les siennes.

Ragnar finit son verre de vin d'un trait, se leva et gravit l'escalier qui menait aux chambres. Sur la dernière marche, il hésita. Sa propre chambre était sur la droite, mais il voyait un fin rayon de lumière filtrer sous la porte de Lottie. Elle était toujours debout, et ils n'avaient pas fini leur conversation. Sur une impulsion, il se dirigea vers la gauche.

Il s'apprêtait à frapper à la porte de la jeune femme, quand son regard s'arrêta sur sa montre. Aussitôt, le souvenir de nuits entières passées à regarder les heures défilées tandis que les portes claquaient et les cris fusaient autour de lui le submergea. Il laissa retomber sa main.

Il n'était pas ce genre d'homme. Il ne se lançait pas de lui-même dans une dispute. Et il n'était pas assez naïf pour croire qu'entamer une nouvelle dispute, au milieu de la nuit, dans la chambre à coucher de cette femme qui avait le don de lui faire perdre son sang-froid était une bonne idée. Mieux valait attendre la lueur du jour, et la présence rassurante de Sóley qui était leur meilleure raison de rester en bons termes.

D'un pas décidé, il regagna sa chambre. Une bonne douche et une longue nuit de sommeil, voilà ce dont il avait besoin. D'ailleurs, Lottie devait déjà être au lit. Tout son corps se tendit, tandis que la vision de Lottie, nue dans ses draps, s'imposait à lui.

La sonnerie de son téléphone le tira de ses pensées. Un regard vers l'écran lui arracha un soupir. Marta, sa demi-sœur de 19 ans. Elle était la plus jeune de la famille et, depuis quelque mois, la plus ingérable.

Il aimait sa sœur. De tout son cœur. Mais depuis le divorce de ses parents elle était complètement incontrôlable. Elle avait été arrêtée par la police pour conduite dangereuse, s'était retrouvée mêlée à une bagarre avec des paparazzis, faisait régulièrement le bonheur de la presse à scandale… Bref, elle aurait eu besoin d'un environnement stable.

À la place, elle avait un père qui avait déjà tourné la page et se préparait à accueillir un nouveau bébé avec la jeune actrice top model qu'il s'était empressé d'épouser… Et une mère, leur mère, bien trop occupée à se faire dorloter par une armée de coiffeurs et coachs personnels pour s'intéresser à sa fille.

Bien sûr, tout cela ne suffisait pas à en faire son problème, à lui. Mais il ne pouvait pas tourner le dos à sa famille, et puisqu'il refusait de se comporter comme eux, il ne lui restait que ce rôle d'arbitre et de confident.

Avec un sourire, il repensa à la façon dont Marta, quand elle était encore toute petite, se tournait vers lui quand elle avait besoin d'aide pour démêler les fils d'un bracelet ou d'un collier. Avec patience, il dénouait chaque nœud pour elle. Et c'était encore son rôle aujourd'hui. Sauf qu'à présent c'était les fils de sa vie qu'il devait démêler.

Il décrocha.

— Marta ?

Une suite de sanglots incohérents lui répondit, au milieu desquels il parvint à distinguer quelques mots.

— Je la déteste. Ce n'est pas ma faute… je ne la supporte plus. Tu dois lui parler.

Ragnar marcha lentement jusqu'à la fenêtre et contempla la nuit au dehors. Que s'était-il encore passé entre sa mère et sa sœur ? Et est-ce que Marta avait même imaginé qu'il pouvait être endormi avant de prendre son téléphone pour lui demander de voler à son secours ? Probablement pas…

À l'autre bout du fil, les sanglots se calmèrent enfin.

— Ça va mieux ? Raconte-moi ce qui s'est passé.

De ce qu'il comprenait, c'était une situation on ne peut plus classique dans laquelle sa jeune sœur était l'innocente victime, ses parents les affreux méchants et lui, Ragnar, le justicier.

— Elle est tout le temps horrible avec moi, ajouta Marta. J'en ai assez que tout tourne autour d'elle.

— Tout ne tourne pas autour d'elle, mais elle vient de perdre son mari, répondit-il.

Les larmes de sa sœur laissèrent la place à la fureur.

— Ce n'est pas comme s'il était mort. Il s'est juste fait embobiner par cette affreuse mante religieuse. Et puis c'est complètement hypocrite de jouer les veuves éplorées, elle a fait pareil quand elle a quitté Frank pour papa.

Marta n'avait pas tout à fait tort. Elin s'était débarrassée de son quatrième mari sans état d'âme. Mais elle avait peut-être espéré terminer sa vie avec le cinquième… même s'il n'aurait pu en jurer. Sa mère possédait cette beauté éthérée qui faisait se retourner les hommes sur son passage, quel que soit son âge, et elle n'était pas connue pour se contenter de ce qu'elle avait… Mais ce n'était pas vraiment la question. Il s'agissait de rétablir la paix.

— Je pense que vous avez toutes les deux besoin d'un peu d'air.

Son domaine londonien de Lamerton était inoccupé pour trois semaines… Autant dire dix ans au rythme où les drames se succédaient dans cette famille… D'ici là, elles seraient passées à autre chose.

— Si tu veux, tu peux aller à Lamerton. Je suis sûr que tu trouveras de quoi t'occuper à Londres… ou tu pourras juste te reposer.

Un petit cri d'excitation lui répondit.

— Vraiment ? Oh ! tu es un ange !

Il regrettait déjà sa proposition… Une maison vide, sans

personne pour surveiller une Marta hors de contrôle… C'était la recette d'un désastre annoncé. Mais il était trop tard pour reculer. Il ne lui restait qu'à espérer que la peur de le mettre en colère réussisse à modérer les pires instincts de sa jeune sœur.

— Mais que ce soit bien clair, il y a des règles, Marta. Tu dois bien te comporter avec John et Francesca. Ils ne sont pas là pour répondre à chacun de tes caprices. J'aurais envie de te dire de faire comme chez toi, mais en ce qui te concerne, justement, non ! Ne fais pas comme chez toi. Et interdiction formelle d'organiser la moindre fête. Pas plus d'un invité à la fois. Compris ?

Un long silence au bout de la ligne lui répondit, suivi d'un soupir.

— Oui, c'est bon. Je serai polie, je ne mettrai pas le bazar et, bien sûr, il ne me viendrait même pas à l'idée d'organiser une fête chez toi.

Ragnar se retint de lever les yeux au ciel.

— Très bien. Je te laisse en parler à Elin. Préviens-moi quand tu pars, et j'enverrai John te chercher.

— Merci Ragnar. Mais… Tu penses que tu pourrais l'appeler pour lui dire ? Elle le prendra mieux si c'est toi qui lui en parles.

Sur ses derniers mots, Marta raccrocha, et Ragnar retint un soupir. Une fois de plus, sa sœur ne lui avait pas posé la moindre question sur lui, ni demandé comment il allait. Mais il n'aurait pas voulu lui parler de Sóley de toute façon. Il voulait la garder pour lui aussi longtemps que possible… et la protéger de cette famille.

Il appellerait sa mère plus tard. Pour l'heure, il avait vraiment besoin de dormir.

Après une douche rapide, il s'apprêtait à se glisser dans son lit quand un bruit attira son attention.

Des pleurs de bébé.

Instinctivement, il se tourna vers la porte. Mais les pleurs avaient déjà cessé. Il éteint la lumière, s'allongea et sombra immédiatement dans le sommeil.

Ragnar se réveilla en sursaut. Le réveil affichait 2 h 30 du matin. Pourquoi s'était-il réveillé ?

Soudain, il les entendit. Les mêmes pleurs de bébé. Allongé dans le noir, il écouta une poignée de secondes sa fille pleurer. Cette fois les pleurs ne se calmaient pas. Au contraire, ils semblaient de plus en plus forts. En fait, il ne l'avait jamais entendue pleurer comme ça.

Il s'assit dans son lit. Pourquoi est-ce que les pleurs ne s'arrêtaient pas ? Était-ce normal ? Il essaya de se souvenir de ses demi-frères et sœurs bébés. Mais il y avait toujours eu une armée de nounous et gouvernantes prêtes à bondir au premier pleur.

La poitrine comprimée, il écoutait. Sóley avait l'air heureuse et en bonne santé plus tôt dans la journée mais, à présent, ses cris perçants déchiraient la nuit, et il pouvait ressentir toute sa détresse. D'un bond, il se leva et se précipita vers la chambre d'enfant.

Les pleurs résonnaient plus fort au fur et à mesure qu'il approchait. Il se précipita dans la chambre.

Lottie se tenait au milieu de la pièce, dos à la porte, les cheveux dénoués sur ses épaules. Elle berçait doucement le bébé dans ses bras en lui murmurant des paroles rassurantes.

— Est-ce que tout va bien ?

La jeune femme sursauta et se tourna vers lui. Les joues de Sóley étaient rouges et baignées de larmes. Elle se blottissait contre sa mère comme un petit animal avant de se jeter brutalement en arrière en redoublant de pleurs. Lottie était pâle et visiblement épuisée.

— Elle fait ses dents.

Les pleurs du bébé se firent plus aigus.

— Laisse-moi t'aider, murmura Ragnar en tendant les bras vers elle.

— Non !

Lottie le fusilla du regard et lui tourna le dos, serrant leur fille contre elle.

— Je ne t'ai pas demandé ton aide et je n'en veux pas, ajouta-t-elle.

Il pouvait entendre son épuisement dans sa voix, et quelque chose d'autre, comme de la peur… Ce qui n'avait aucun sens. De quoi aurait-elle peur ? Il n'en savait rien. Mais ce qu'il savait, c'était qu'il n'aimait pas du tout qu'elle puisse avoir peur de lui.

— Lottie, insista-t-il. Je sais bien que tu n'as pas besoin de moi. Tu te débrouilles toute seule depuis sa naissance. Je te jure que je ne cherche pas à te compliquer la vie. Dis-moi juste ce que tu veux que je fasse.

— Que tu partes. Voilà ce que je veux, répliqua-t-elle en le défiant du regard.

Il retint une réponse acerbe. Elle s'était volatilisée dans un tourbillon de colère au dîner et, à présent, elle le dévisageait comme une lionne prête à attaquer… Comment, dans ses conditions, espérer faire partie de la vie de sa fille ?

Comme si elle avait entendu ses pensées, Sóley leva la tête et le fixa de son regard bleu. Puis, d'un mouvement brusque, elle se jeta vers lui. Instinctivement, il tendit les bras pour la rattraper. Il s'apprêtait à la rendre à Lottie, mais les petites mains de sa fille s'agrippaient à son cou, et elle enfouit son visage contre sa poitrine, sans cesser de sangloter. Son petit corps était tendu, mais, au bout de quelques minutes, il la sentit se faire plus lourde dans ses bras, sa respiration plus paisible. Il la berça doucement, se balançant d'un pied sur l'autre, jusqu'à ce qu'elle se rendorme, toute son attention tendue vers la sensation de la petite joue de sa fille contre sa peau et la certitude qu'il était à sa place en cet instant. C'était sa place dans la vie de sa fille.

Lottie désigna le berceau

— Pose-la sur le côté murmura-t-elle.

Il se pencha vers le berceau et y déposa délicatement le corps endormi de sa fille. Elle bougea dans son sommeil, et il retint son souffle, mais bientôt la respiration de Sóley reprit son rythme régulier.

Le cœur gonflé d'amour et de fierté, il se tourna vers Lottie. C'était la première fois qu'ils partageaient un de ces moments caractéristiques de la vie de famille, et il aurait voulu s'en réjouir avec elle… Mais elle était de toute évidence dans un autre état d'esprit. Elle semblait distante et, surtout, pressée de le voir partir.

— Bon, je vais me coucher, lâcha-t-elle sèchement.

Ragnar sentit sa propre colère flamber. Mais il avait perdu assez de temps en discussion stériles avec des personnes immatures et irrationnelles pour la journée. Sans un mot, il quitta la chambre.

Le cœur battant, Lottie regarda la porte se refermer sur Ragnar. Elle aurait voulu crier sa colère et sa détresse exactement comme sa fille. Tout son corps tremblait. Elle savait à quel point sa réaction était irrationnelle, mesquine même. Elle aurait dû se réjouir de voir Ragnar s'impliquer et prendre soin de leur fille. Mais elle en était incapable. Elle n'était plus que souffrance. Cela avait été un tel choc de voir Sóley se détourner d'elle pour se jeter dans les bras de son père… Jusqu'à présent, ça avait toujours été d'elle dont sa fille avait besoin, vers elle qu'elle se tournait. Bien sûr, il faudrait se raisonner. Le plus important n'était-il pas que Sóley se soit calmée ? Peu importait qui était parvenu à l'apaiser… Et pourtant elle se sentait soudain vide, inutile.

Ce n'était pas tellement que Sóley se soit calmée dans les bras de Ragnar qui la dérangeait : sa fille était épuisée, elle se serait sans doute endormie avec elle aussi. Non, c'était qu'elle l'ait choisi, lui. Ayant elle-même grandi sans père et élevé Sóley seule, il lui avait semblé évident qu'elle resterait le pilier de la vie de sa fille. Elle était partie du principe que le rôle de Ragnar serait secondaire… optionnel.

Lottie sentit la honte l'envahir. Pourquoi être allée chercher Ragnar si elle refusait de lui laisser une place dans la vie de Sóley ?

Elle secoua la tête tristement. Tout cela était si compliqué. Si seulement elle était chez elle. Elle pourrait descendre dans la cuisine, s'imprégner de la chaleur de la gazinière en attendant que l'eau bouille pour le thé. Lucas se réveillerait peut-être. Il viendrait s'asseoir près d'elle à la table de la cuisine et la ferait rire en lui racontant les anecdotes croustillantes de sa journée…

Assez ! Se laisser aller à la mélancolie n'arrangerait rien. C'était de sommeil dont elle avait besoin. Pourtant, à la seule pensée de s'allonger dans ce grand lit froid à attendre que son corps et son esprit se détendent assez pour trouver le sommeil, elle sentit la panique l'envahir. Peut-être pourrait-elle descendre se préparer une tisane ? C'était ce qu'elle aurait fait chez elle, et ce semblant de normalité ne pourrait lui faire que du bien.

Le babyphone dans une main et son téléphone portable en guise de torche dans l'autre, elle descendit prudemment l'escalier et pénétra dans la grande cuisine.

— Qu'est-ce que tu fais ?

La voix de Ragnar la fit sursauter, et elle se retourna d'un bond. Il se tenait dans l'ombre, à l'autre extrémité de la cuisine. Avec les cris de Sóley, elle n'avait pas vraiment fait attention à la façon dont il était vêtu… ou plutôt dévêtu. Mais à présent, dans l'intimité de la cuisine, impossible de détacher son regard de ce torse aux muscles dessinés. Et elle ? Sa robe de chambre avait-elle toujours été si courte ? Il lui semblait que le tissu remontait sur ses cuisses au moindre mouvement.

— Je voulais me faire une infusion.

— Je m'en occupe. Quelle sorte de tisane veux-tu ?

Il lui tourna le dos pour se diriger vers un placard, et elle en profita pour tirer sur le bas de sa robe de chambre.

— Camomille, ou menthe poivrée ? Je peux m'en occuper.

— Je sais, se contenta-t-il de répondre.

Incapable de détacher son regard de Ragnar, elle le regarda remplir la théière avec des gestes maîtrisés, sortir les tasses du placard et les poser sur le comptoir. Deux tasses.

— Je peux me joindre à toi ou tu as une objection ? Une objection valable, je veux dire.

Sans attendre sa réponse, il se glissa sur le tabouret à côté du sien.

— On croirait entendre un avocat.

Il la dévisagea longuement avant de répondre.

— Personne ne fait ton procès ici.

— Pourtant, c'est l'impression que j'ai.

— Tu te trompes.

Une colère sourde l'envahit. C'était comme s'il savait exactement sur quel bouton appuyer pour la faire sortir de ses gonds.

— Génial. Donc maintenant c'est toi qui m'expliques ce que je ressens ?

— Ce n'est pas ce que je dis.

— Pourtant, c'est exactement ce dont ça avait l'air.

Il poussa un soupir.

— Si on fait le procès de quelqu'un, ça semble plutôt être le mien. Et je dois avouer que je ne comprends pas exactement de quoi tu m'accuses.

Il ne comprenait pas ? Il plaisantait, n'est-ce pas ?

— À part passer ton temps à me menacer avec tes avocats ?

— Cette lettre n'avait rien de menaçant. Ce que tu saurais si tu avais pris la peine de la lire.

Son ton était calme, posé, mais elle sentait l'exaspération poindre dans sa voix. C'était un comble ! Il n'avait aucune raison de se sentir exaspéré, ce n'était pas lui qui était en train de complètement perdre le contrôle sur la situation. Le simple fait qu'il dispose d'une armée d'avocats prêts à défendre ses intérêts était un moyen de pression. Et il le savait très bien.

— Tu avais dit que tu ne voulais pas compliquer la situation. Que tu voulais juste le meilleur pour Sóley…

— Et c'est le cas.

— Tu te trompes.

Un petit frisson victorieux lui traversa l'échine. C'était si agréable de pouvoir lui renvoyer ses propres mots au visage.

— Tu veux ce qu'il y a de mieux pour toi, précisa-t-elle.

Tout tourne autour de toi. Quand on se voit, où on se voit, ces vacances…

Il la transperça d'un regard glacial.

— Si j'avais attendu que tu te décides, je n'aurais toujours pas rencontré ma fille.

L'indignation lui fit perdre la parole. Comment pouvait-il se montrer aussi injuste ?

— Au cas où tu l'aurais oublié, c'est moi qui suis venue te parler de Sóley.

— Je n'ai pas oublié. Mais je ne vois pas très bien pourquoi tu as pris cette peine.

— Tu sais très bien pourquoi ! Pour que tu puisses faire sa connaissance !

— Mais tu ne veux pas que je fasse sa connaissance ! Je ne sais plus ce que tu attends de moi. Tu t'es sentie insultée quand je t'ai proposé une aide financière. Tu cherches tous les moyens de te débarrasser de moi à chaque fois que je m'approche de Sóley… Dès que j'essaye de t'aider, tu me repousses.

Lottie sentit son sang battre dans ses tempes. Il avait raison. Elle l'avait repoussé. Et si elle se plaçait de son point de vue, il ne devait rien y comprendre.

— Tu penses que c'était la première fois qu'elle pleurait au milieu de la nuit ?

— Bien sûr que non ! Je ne remets pas en cause tes qualités parentales. Je sais très bien que tu peux te débrouiller sans moi. Mais je ne comprends pas pourquoi tu ne veux pas de mon aide.

De toutes les questions qu'il aurait pu lui poser, c'était la plus douloureuse. Comment expliquer à cet étranger si sûr de lui ce qu'elle ressentait ? Comment lui avouer que, pour la première fois de sa vie, à la naissance de leur fille, elle s'était sentie entière ? Cette naissance avait effacé la brûlure d'une vie passée à se sentir à part, sans père et si différente de son frère et sa mère.

Et puis elle avait vu Ragnar à la télévision et, poussée par la culpabilité, le désir de bien faire, elle l'avait contacté.

Et elle avait peut-être eu raison… Mais en cet instant ça ressemblait plutôt à une erreur. Une erreur monumentale.

— Aucune importance, murmura-t-elle, la gorge sèche.

— C'est important pour moi.

Elle n'avait qu'une envie : quitter cette cuisine et disparaître. Disparaître quelque part où elle pourrait soigner sa peine en secret. Elle repoussa son tabouret.

— Je dois y aller.

Sans lui laisser le temps de se lever, il lui prit doucement la main.

— Explique-moi.

— Je suis fatiguée, c'est tout, insista-t-elle.

Comment expliquer à cet homme dont la vie était guidée par les chiffres et la raison, le chemin chaotique qui l'avait menée jusqu'ici, jusqu'à cette cuisine au cœur de la nuit ? Pourtant, il la regardait avec une telle attention, une telle douceur, comme si rien n'était plus important que de comprendre ce qu'elle tentait d'exprimer, qu'elle trouva la force de se lancer.

— C'est idiot, vraiment, mais…

— Quoi ? demanda-t-il doucement.

— Ce n'est pas leur faute. Ils n'y sont pour rien, mais je me suis toujours sentie comme une étrangère entre ma mère et Lucas.

— Je pensais que vous étiez très proches.

— Oui, bien sûr. Je les aime, et ils m'aiment, mais nous sommes si différents. Je sais, c'est ridicule, et tu ne peux pas comprendre mais, c'est un peu comme si, bien que ce soit ma famille, j'étais… différente. Un peu à part.

— Je vois très bien, répondit-il après un long silence.

— Pendant longtemps, j'ai cru que je devais ressembler à mon père. J'étais persuadée que, quand je le rencontrerais, ce serait comme une évidence…

Elle sentit sa voix se briser et ferma brièvement les yeux, assaillie par le douloureux souvenir de cette rencontre.

— Ça ne s'est pas passé comme ça ? demanda-t-il doucement.

— Non. C'était trop tard. Il n'y avait plus de place pour moi dans sa vie. C'est pour ça que j'ai voulu que tu rencontres Sóley, tant qu'elle pouvait espérer avoir une place dans la tienne.

— Elle aurait toujours eu une place dans ma vie, quel que soit son âge.

Il saisit ses mains avant de poursuivre.

— Mais ça ne veut pas dire qu'il n'y a pas de place pour toi.

Elle aurait voulu le repousser, lui dire qu'il n'avait rien compris, mais il avait raison, hélas. C'était exactement ce qu'elle avait ressenti en voyant sa fille tendre les bras vers Ragnar.

— J'ai peur de la perdre, se contenta-t-elle de répondre.

— Ça n'arrivera jamais. C'est impossible. Elle t'aime et a besoin de toi, plus que de quiconque au monde. Tu es sa mère.

Avec peine, Lottie esquissa un petit sourire.

— Et toi son père. Je suis désolée de t'avoir repoussé. J'étais sur la défensive… Je ne veux pas tout compliquer, je veux…

Les mots s'étranglèrent dans sa gorge, et ils restèrent un long moment silencieux, côte à côte.

Enfin, il se pencha sur elle.

— Que veux-tu ? Dis-moi, Lottie.

Ce qu'elle voulait ? Le cœur battant à tout rompre, elle leva le visage vers Ragnar. Tout tournait autour d'elle. Le souffle court, elle tendit la main devant elle pour se rattraper et la posa sur le torse nu de Ragnar. Elle le vit tressaillir, sentit son pouls accélérer sous sa main.

— Ce que je veux ?

Sans le quitter des yeux, elle fit un pas vers lui.

— Voilà ce que je veux, répondit-elle en posant les lèvres sur les siennes.

La bouche de Ragnar était ferme et douce à la fois, et Lottie sentit ses jambes se dérober sous elle lorsqu'il referma les bras sur sa taille pour l'attirer contre lui. Avec un gémissement, elle s'agrippa à son cou et glissa les mains dans ses cheveux, tandis qu'il approfondissait leur baiser. Elle sentit les mains de Ragnar glisser le long de sa robe de chambre, pour caresser la peau sensible de ses cuisses, avant de revenir vers sa taille. Sans cesser de l'embrasser, il la souleva et l'assit sur le comptoir.

La pierre était froide et dure sous ses cuisses, mais elle s'en moquait. Tout son corps était concentré sur la sensation des lèvres de Ragnar sur son cou, sa gorge… Quand il écarta doucement les pans de sa robe de chambre et caressa sa poitrine du bout des doigts, elle laissa échapper un soupir. Instinctivement, elle passa les jambes autour de sa taille pour l'attirer à elle, se presser contre lui. Elle voulait, non, elle avait besoin de…

Un grésillement soudain retentit comme un coup de tonnerre. Ils se figèrent avant de s'écarter précipitamment l'un de l'autre.

Agrippée au comptoir, Lottie se força à reprendre ses esprits. Qu'est-ce qu'ils fabriquaient ? Qu'est-ce qu'elle fabriquait ?

— Lottie…

Elle entendait la voix de Ragnar, mais elle était incapable de le regarder. Dévorée par la honte, elle fixait le babyphone.

— Je dois y aller.

Avant de s'engouffrer dans l'escalier, elle lui jeta un regard rapide. Le souffle court, il avait l'air aussi déboussolé qu'elle, mais elle n'était pas en état de gérer les émotions de Ragnar, elle avait assez à faire avec les siennes… et leur mutuelle perte de contrôle.

— Je ne peux pas, ajouta-t-elle.

Le babyphone serré dans la main, elle s'élança dans l'escalier.

6.

Debout face à la fenêtre, Ragnar regardait la lumière éblouissante du jour qui venait de percer. Il avait neigé dans la nuit, et un tapis immaculé recouvrait tout le paysage alentour.

Il s'était réveillé tard, ce qui était si inhabituel qu'il lui avait fallu un moment pour se rappeler où il était. Il devait avoir 14 ans la dernière fois que ça lui était arrivé.

Aussitôt, le film de la nuit défila dans son esprit, s'attardant malgré lui sur ce moment où Lottie s'était approchée pour l'embrasser. À moins que ce ne soit lui qui se soit penché vers elle ? Dès l'instant où elle avait discrètement tiré sa fine robe de chambre en coton sur ses cuisses, il avait complètement perdu le fil de ses pensées. Savait-il déjà ce qui allait se passer entre eux ? Pas consciemment, mais c'était déjà là, dans l'air, l'attirance, le désir, l'alchimie. Depuis la seconde où il s'était retourné dans la rue au son de sa voix.

Ils avaient tenté de lutter, de se concentrer sur la colère qui les animait mais, à chaque dispute, le désir se faisait un peu plus fort… un peu plus irrésistible. Et ils n'avaient pas résisté.

Leur baiser avait été passionné et tendre à la fois. Il n'avait pas dû durer plus de quelques secondes et, pourtant, cela avait suffi pour exprimer tout ce qui brûlait en eux. Bien mieux que des mots.

Bien mieux qu'il ne se l'était avoué à lui-même. À la lumière du jour, cela semblait inconcevable qu'il ait mis si longtemps à comprendre ce qui était si évident : il désirait Lottie, et elle le désirait.

Où cela les mènerait-il ?

En théorie, le sexe était quelque chose de simple : le plaisir de deux corps qui se touchaient, se caressaient… Mais bien sûr, dans la pratique, ce n'était jamais aussi facile. Comment cela aurait-il pu l'être ? Il y avait des milliards d'habitants sur terre : quelles étaient les chances de tomber sur la personne qui vous convenait ? Proches de zéro. C'était la raison pour laquelle il avait créé Icebreaker. Pour que la science aide les gens à trouver l'amour. Et ça marchait : les couples formés sur son application avaient une longévité étonnante. Mais il y avait forcément une erreur quelque part, puisque, selon les informations entrées dans son propre profil, Lottie et lui auraient dû tous deux se contenter d'une nuit.

Ragnar soupira. Quelle que soit la raison de cette erreur, cela ne changeait rien à la situation…

La sonnerie de son téléphone le tira de ses pensées. Sa mère. Il lui avait laissé un message en se réveillant pour lui proposer que Marta s'installe quelque temps chez lui. Il s'apprêtait à décrocher, lorsqu'un mouvement en contrebas attira son attention.

Le cœur battant il s'approcha un peu plus de la fenêtre. Lottie se tenait debout dans la neige, Sóley blottie dans ses bras. Avec sa parka noire et son jean, elle ressemblait plus à une étudiante qu'à une artiste accomplie, déjà mère d'une petite fille. Quelque part, dans le lointain, son téléphone sonnait toujours mais, pour la première fois de sa vie, il était déterminé à ne pas répondre, subjugué par la scène qui se déroulait sous ses yeux.

Il y avait quelque chose de si beau, de si paisible dans cette scène du quotidien, qu'il n'avait aucune envie que les drames de sa famille ne viennent gâcher ce moment.

Lottie s'était penchée pour ramasser une poignée de neige, qu'elle tendait à présent à leur fille.

Leur fille.

Il devrait sans doute rappeler sa mère et lui parler de Sóley. Mais il s'en sentait incapable. Pas encore. Un jour, il leur dirait, bien sûr. Mais pour l'instant il voulait garder ce bonheur pour lui. Égoïstement.

Dehors, Lottie progressait doucement dans la neige. Enfin, elle s'arrêta et posa doucement leur fille sur le sol. Sóley vacilla, se retenant aux mains de sa mère, avant de se baisser avec précaution pour toucher la neige. Même avec la distance, il pouvait discerner son excitation et sa joie.

Était-ce la première fois que sa fille voyait la neige ? Quel bonheur d'être le témoin de ce moment de joie pure. Sans se savoir observée, Lottie avait un comportement différent avec leur fille, plus joyeux, plus naturel.

Il retint une grimace. Est-ce qu'il se comportait en voyeur ? En même temps, pouvait-on lui reprocher de vouloir profiter de ce moment de bonheur ? Lottie n'était jamais si détendue en sa présence. Mais cela allait peut-être changer. Elle lui avait confié des choses personnelles, la nuit précédente, et cette honnêteté l'avait bouleversé. Jamais il n'aurait imaginé qu'elle lui parlerait si ouvertement de sa relation avec sa famille. Et malgré la façon simple et pragmatique dont elle lui avait expliqué la situation il avait eu le cœur serré par sa souffrance.

Ce n'était sans doute pas surprenant. Elle était la mère de sa fille. Il était normal qu'il n'aime pas la savoir triste et qu'il cherche à la réconforter, non ? Mais la réconforter était bien la dernière de ses préoccupations quand il l'avait embrassée.

Il la désirait. Et elle le désirait. Et la même question, entêtante, revenait : où cela les mènerait-il ?

Il n'était pas stupide au point de croire qu'ils pouvaient céder à leur attirance mutuelle sans courir au désastre. Il y avait trop en jeu.

Lottie leva les yeux vers le ciel. Chez elle, dans le Suffolk, regarder le ciel ne manquait jamais de l'apaiser. Et cela aurait peut-être pu marcher ici aussi, si les cieux avaient eu la même teinte grise que la veille. Mais aujourd'hui l'azur s'étendait à perte de vue, du même bleu intense que le regard de sa fille – et de Ragnar.

Ragnar… Lottie sentit ses joues la brûler et son cœur battre plus vite. Elle avait déjà du mal à croire qu'elle lui avait parlé de son père, de sa famille, partageant avec lui des détails bien plus intimes qu'avec quiconque, mais le pire était bien sûr ce moment où elle s'était littéralement jetée sur lui.

C'était comme si le désir qui ne la quittait plus depuis leurs retrouvailles s'était soudain emparé d'elle. Elle n'avait plus eu envie de résister.

Elle avait franchi la ligne, elle le savait.

Lottie ferma brièvement les yeux et tenta de se raisonner. Ce n'était qu'un baiser. Un simple baiser. Mais que ce serait-il passé si le babyphone ne les avait pas interrompus ?

Rien de bon.

L'image du corps nu de Ragnar contre le sien, de leurs peaux brillant de sueur, le son de leurs souffles entremêlés, s'imposa à elle. Bon, peut-être pas « rien de bon ». Faire une nouvelle fois l'amour avec Ragnar serait une expérience inoubliable, tendre et brûlante à la fois. Mais c'était précisément la raison pour laquelle elle n'aurait jamais dû l'embrasser.

Inutile de se cacher derrière la fatigue ou la colère pour expliquer son geste. Tout était malheureusement beaucoup plus simple que ça : elle l'avait embrassé parce qu'elle en mourait d'envie. Cela aurait pu s'arrêter là, mais il avait répondu à son baiser, l'avait attirée contre lui, et… elle avait perdu tous ses moyens, emportée dans un océan de sensations délicieuses.

C'était une erreur monumentale. Une erreur qu'elle aurait dû regretter. Mais elle en était incapable. Pas totalement en tout cas. Car une chose était sûre, à présent : Ragnar et elle possédaient une sorte d'alchimie.

Cependant, leur relation semblait aussi avoir trouvé un fragile équilibre. Pour le bien de Sóley, ce n'était pas le moment de tout bouleverser. Alchimie ou pas.

Le sexe sans conséquence n'existait pas. Comme le prouvait l'existence même de Sóley. Ragnar et elle avaient eu beau s'en remettre à la science pour leur rencontre, aucun paramètre n'avait prévu l'arrivée d'un enfant. Et même sans en arriver à un cas aussi extrême, le sexe compliquait les relations.

Lottie baissa les yeux vers sa fille qui la regardait fixement comme si elle devinait son désarroi. Envahie par la culpabilité, Lottie souleva Sóley dans ses bras et enfouit son visage dans ses boucles blondes de bébé.

— Allez, il est l'heure de rentrer manger !

Elle s'apprêtait à se diriger vers la maison, lorsqu'elle se figea. Ragnar venait vers elles, de son pas assuré, ses cheveux blonds scintillant au soleil. Contrairement à elle, il ne portait pas de manteau mais un simple pull noir, accompagné d'un jean et d'une paire de bottes. Il était d'une beauté à couper le souffle. Il s'arrêta à quelques pas d'elles et tout son visage s'adoucit tandis qu'il se penchait vers leur fille.

— Coucou.

Il releva les yeux vers elle.

— Comment s'est passé le reste de la nuit ?

— Bien. Elle ne s'est pas réveillée avant 9 heures ce matin.

Était-ce le moment de lui parler de la nuit précédente ? De lui expliquer que cela ne pouvait jamais se reproduire ? Mais comment le formuler ?

Avant qu'elle n'ait eu le temps de se décider, il avait repris la parole.

— Et toi ? Tu as réussi à dormir ?

Incapable de prononcer le moindre mot, elle se contenta d'acquiescer.

Heureusement, l'arrivée de Signy vint la sauver de cette situation inconfortable. La gouvernante de Ragnar avançait vers eux à grand pas.

— Je n'avais pas vu que vous étiez tous dehors ! Le repas est prêt. Je prends Sóley pour la faire manger si vous voulez rester un peu dehors ?

Lottie aurait voulu refuser, mais Sóley, visiblement affamée, avait déjà tendu les bras vers Signy. Avec regret, Lottie regarda sa fille disparaître à l'intérieur de la maison. Elle n'avait plus aucune excuse pour ne pas aborder le sujet qui la troublait.

Mais, une fois de plus, Ragnar ne lui en laissa pas le temps.

— Est-ce que tu veux venir voir les chevaux ? Je me suis dit que peut-être…

Il laissa sa phrase en suspens, comme s'il était lui-même surpris par sa proposition. La veille encore, elle aurait cherché par tous les moyens à échapper à ce tête-à-tête. Mais à présent, il semblait plus simple d'accepter.

— J'aimerais beaucoup ! Merci.

Les chevaux étaient somptueux et particulièrement amicaux. Instinctivement, elle retira ses gants pour les caresser par-dessus la barrière. Un magnifique étalon alezan tendit le museau vers elle pour quémander une caresse, et elle éclata de rire. Elle passait vraiment un bon moment. Un moment qu'elle allait gâcher en reparlant de la nuit précédente…

À la lumière du jour, leur baiser semblait n'être plus qu'un lointain souvenir. Peut-être pouvaient-ils se contenter de l'oublier ?

— Est-ce que tu montes ?

La voix de Ragnar la tira de ses pensées, comme pour se moquer de ses illusions : jamais elle ne pourrait l'oublier. Cela faisait presque deux ans qu'ils s'étaient rencontrés et, pourtant, chaque seconde de cette nuit était encore gravée dans sa mémoire. Ce n'était pas seulement ce corps aux muscles parfaitement dessinés, ni même son visage aux lignes classiques, non, c'était son aura, l'énergie qui bouillonnait sous sa force tranquille, qui le rendait différent des autres hommes. Et en cet instant, c'était cette même aura qui la clouait sur place et l'empêchait de réfléchir.

— Quand j'étais plus jeune, on vivait dans une ferme et on nous laissait monter les chevaux si on nettoyait les écuries, répondit-elle enfin.

— Et à présent ?

— À présent ? Je n'ai plus le temps.

— Tu aimerais reprendre ?

Elle se contenta d'acquiescer d'un signe de tête, le regard tourné vers les chevaux.

— Dans ce cas, on s'en occupera.

— Merci murmura-t-elle. Et merci pour hier… Enfin je veux dire ce matin. Merci de m'avoir écoutée. Je suis désolée de m'être déchargée sur toi de tous mes problèmes.

— Pas du tout, tu m'as expliqué, c'est tout. Et je suis désolé de t'avoir fait te sentir exclue. Ce n'était pas du tout mon intention.

— Je sais.

Lottie jeta un rapide regard autour d'eux. Ils étaient complètement seuls. C'était le moment où jamais d'aborder le sujet. Si elle attendait d'être de retour à la maison, ça risquait de ne pas se reproduire avant longtemps.

— À propos de ce qui s'est passé après…

Stupéfaite, elle releva la tête. Les mots qu'elle était sur le point de prononcer venaient de franchir les lèvres de Ragnar.

— Tu veux dire, quand je…

Elle hésita. Comment formuler les choses ? Mais Ragnar ne lui laissa pas le temps d'aller plus loin. Le regard plongé dans le sien, il compléta.

— Quand nous nous sommes embrassés.

Il aurait pu rejeter la faute entièrement sur elle, mais il prenait sa part de responsabilité. Il admettait que lui aussi avait désiré ce qui était arrivé.

— Je pensais que tu voudrais faire comme si ça n'était pas arrivé, répondit-elle enfin.

— Jamais. Et même si je le voulais, je ne suis pas sûr que je pourrais…

Le désir qui flambait dans son regard bleu, la transperça. C'était comme s'il se frayait un passage sous chaque couche de vêtements qui la recouvrait pour la toucher en plein cœur.

— Je sais que je ne t'ai pas donné beaucoup de raisons de me faire confiance, mais crois-moi : je désirais ce baiser au moins autant que toi. J'attendais juste un signe.

Il esquissa un petit sourire avant de poursuivre.

— Écoute, il y a quelque chose que j'aurais dû te dire depuis longtemps : je suis désolé de t'avoir menti la nuit où nous nous sommes rencontrés. Ce mensonge, ça ne me ressemble pas. Et j'espère qu'un jour, tu en seras convaincue.

Pourquoi alors ? Pourquoi lui mentir si ce n'était pas dans ses habitudes. C'était la question qui la tenait éveillée la nuit, mais ce n'était pas la priorité. Régler une bonne fois pour toutes ce qui s'était passé dans la cuisine était plus important que ressasser le passé.

— Pourquoi est-ce que tu me dis ça maintenant ?

— Parce que je veux qu'on soit honnêtes l'un envers l'autre au sujet de ce qui est arrivé cette nuit et de pourquoi.

— Je ne sais pas pourquoi… commença-t-elle, avant de se reprendre. Enfin, si. Je sais que c'est stupide, c'était il y a tellement longtemps, mais cette nuit il y a deux ans, c'était…

— Je me disais que tu avais probablement oublié…

Oublier ? Elle faillit éclater de rire. Comment aurait-elle pu oublier ?

— Non, je ne t'ai pas oublié, Ragnar. C'est impossible.

— À cause de Sóley ?

Lottie sentit la honte l'envahir. Non. Elle ne parlait pas de Sóley, mais bien de lui. De la façon dont elle s'était sentie dans ses bras, de la sensation de sa bouche sur sa peau, de son désir.

— Il ne s'est pas passé une journée sans que je ne pense

à toi, dit-il enfin, comme un écho à ses propres pensées. Je pensais que ça finirait par passer…

Elle le dévisagea, bouleversée par la douleur qui perçait dans sa voix. Si semblable à celle qui lui transperçait le cœur.

— Moi aussi, murmura-t-elle. Et c'est le cas. Ça passera. En attendant, je ne pense pas que céder à ce désir soit…

— Une bonne idée ? termina-t-il pour elle.

— Ça serait une très mauvaise idée, oui.

Tout en elle se rebellait contre les mots qui venaient de franchir ses lèvres. Mais elle se connaissait et elle était consciente de ses limites. Elle ne serait jamais capable de jouer à la famille parfaite avec Ragnar le jour, de partager des nuits torrides et de ne pas s'attacher.

— Notre priorité, c'est d'être de bons parents pour Sóley. C'est la raison pour laquelle on est là, et ce doit être notre seule préoccupation, insista-t-elle.

— Je suis content qu'on soit sur la même longueur d'onde.

Elle aurait dû se réjouir de cette réponse. Et pourtant Lottie sentit quelque chose en elle se briser. C'était léger, presque insignifiant, mais la douleur était bien là. Elle se redressa et lui adressa un sourire aussi assuré que possible.

— Je pense qu'il est temps de rentrer déjeuner.

— Tu as raison. Allons voir ce que Signy nous a préparé !

Le déjeuner fut aussi délicieux qu'on pouvait s'y attendre. Une soupe de poisson accompagnée de pain sortant tout juste du four et du meilleur beurre qu'elle ait jamais mangé.

Puis, alors que Sóley s'endormait dans sa chaise haute, Ragnar la prit délicatement dans ses bras pour monter la coucher. Lottie les regarda passer la porte. Il lui était de plus en plus facile de laisser une place à Ragnar. De plus, elle avait besoin de ces quelques minutes sans lui pour reprendre son souffle et se débarrasser de la tension qui s'emparait de son corps dès qu'ils étaient dans la même pièce.

En ce début d'après-midi, le soleil inondait le vaste

salon. Les goûts de Ragnar étaient pour le moins minimalistes. Tout était réduit à sa plus simple expression, et pourtant l'ensemble demeurait accueillant, presque cosy. La magnifique cheminée suspendue diffusait une douce chaleur dans l'ensemble de la pièce.

Lottie se laissa tomber dans un grand canapé en cuir et ferma brièvement les yeux. Lorsqu'elle les rouvrit, Ragnar se tenait face à elle.

— Tu es fatiguée ?

— Un peu.

Il la rejoignit sur le canapé et, pendant un long moment, ils se dévisagèrent sans un mot. Puis, il tendit la main vers elle et appuya doucement sur son épaule.

— Tu es tendue.

Tendue ? Elle se sentait tout sauf tendue. Elle avait plutôt l'impression que son corps était de plus en plus mou, liquide.

S'écarter. Voilà ce qu'il aurait fallu faire. Mais ses membres refusaient de lui obéir.

— Tu as besoin de te relaxer. De relâcher un peu la pression. Peut-être de faire un tour dans la piscine ? On pourra y aller ce soir, après dîner si tu veux ?

Se relaxer ? Dans la piscine ? Avec lui ? Après le dîner ? Il aurait été bien trop long de détailler tout ce qui n'allait pas dans cette phrase. Et pourtant… Lottie laissa son regard dériver sur la pièce qui l'entourait : quand aurait-elle une nouvelle occasion de vivre dans un tel luxe ? Ragnar avait raison : se détendre dans l'eau chaude d'une piscine privée était exactement ce dont elle avait besoin.

— Avec plaisir.

— Tu ne le regretteras pas, promit-il. Tu verras : tout ton corps te remerciera !

C'était une nuit sans lune, mais aucun nuage n'obstruait le ciel, et Ragnar se laissa aller à contempler les étoiles qui brillaient à travers le toit vitré de la piscine couverte, avant de se laisser glisser dans l'eau chaude.

Il expira lentement. C'était délicieux. L'eau était à la température exacte du corps et, au fur et à mesure qu'il s'immergeait, il sentait chacun de ses muscles se détendre.

N'importe quel autre soir, il se serait simplement laissé flotter sur le dos, perdu dans la contemplation du ciel étoilé. Mais ce soir-là, toute son attention était dirigée vers la silhouette qui venait d'apparaître de l'autre côté de la piscine.

Il sentit son pouls accélérer quand la jeune femme laissa glisser à ses pieds l'épais peignoir dont elle était revêtue, révélant un maillot de bain d'un brun chaud, qui épousait chaque courbe de son corps.

Jamais il ne pourrait assez remercier Signy d'avoir pensé à lui rappeler de suggérer à Lottie d'apporter un maillot. Hypnotisé, il la regarda se glisser dans l'eau chaude, et c'est à regret qu'il vit l'eau recouvrir son corps.

Déterminé à dompter ses instincts primaires, il nagea vers Lottie.

— Alors, c'est comment ?

— Merveilleux. Et un peu fou…

Subjugué par l'émerveillement qu'il lisait sur son visage, il s'approcha un peu plus.

— Pourquoi fou ?

— Je ne sais pas… Toute cette neige dehors et cette eau si chaude, c'est si surprenant.

— Ce n'est pas pour rien qu'on appelle l'Islande la terre de glace et de feu.

— La terre de glace et de feu ?

L'excitation dans la voix de Lottie se répercuta dans chaque cellule de son corps, et il se maudit. Qu'est-ce qui lui avait pris de proposer cette baignade nocturne à la jeune femme alors que, depuis des jours, il était tourmenté par la vision de son corps superbe, entièrement nu contre le sien ?

Il entreprit de s'éloigner de quelques brasses. En général, il nageait toujours seul. Il détestait devoir partager cet espace. Mais la présence de Lottie avait un tout autre effet sur lui.

— Est-ce que tu viens souvent nager ?

— Au moins une fois par jour, parfois deux. La journée, le ciel se reflète dans la piscine, c'est un peu comme nager au milieu des nuages.

Elle se tourna vers lui, manifestement surprise.

— Je ne t'aurais jamais pris pour un poète.

La douceur de sa voix le prit de court. Comment était-on censé se comporter face à une telle femme ? Envahi par une vague de panique, il leva les yeux vers le ciel. C'était toujours le meilleur moyen de faire le tri dans ses émotions. Et une fois de plus, le spectacle éblouissant dissipa ses sombres pensées.

— Si tu veux parler de poésie, regarde plutôt là-haut.

La jeune femme laissa échapper un petit cri de surprise face au tableau qui s'offrait à eux. C'était comme si le ciel s'était dissous. La couleur jaillissait de la pénombre, et des bandes de vert émeraude et d'orange se mêlaient dans un spectacle à couper le souffle. C'était une aurore boréale, une des plus sublimes manifestations de la nature et, pourtant, Ragnar y prêtait à peine attention, tant il était absorbé dans la contemplation du visage de Lottie.

Brusquement, la nuit reprit ses droits, et le ciel redevint d'un noir d'encre. Ragnar inspira profondément pour tenter de reprendre le contrôle de son corps. Peine perdue.

— On devrait rentrer, annonça-t-il.

Lottie le suivit hors de la piscine, visiblement à regret.

— Tu savais ce qui allait se passer ?

— Non. Mais c'est la bonne période de l'année, et le ciel était dégagé.

Il lui tendit son peignoir, pressé de tourner les talons et de rejoindre le refuge de sa chambre. Pourtant, il ne pouvait s'y résoudre. Il ne regrettait rien autant que lui avoir menti, deux ans plus tôt. S'il ne disait rien de ce qu'il ressentait ce soir, n'était-ce pas une autre forme de mensonge ? Un qu'il pourrait regretter à jamais ?

Il avait promis à Lottie une honnêteté totale et n'avait jamais été du genre à reculer face aux difficultés. Cette maison avait toujours été son sanctuaire, loin du reste de sa vie. Sauter le pas qu'il s'apprêtait à franchir, c'était y faire entrer passion et chaos. Mais avait-il encore le choix ?

Les émotions qui bouillonnaient en lui n'allaient pas disparaître simplement parce qu'il décidait de se taire. Tout lui apparaissait avec une clarté terrifiante à présent. Depuis cette nuit, dans cet hôtel, il ne s'était plus jamais senti entier. Quelque chose manquait. C'était la panique qui l'avait poussé à quitter Lottie au petit matin, il avait choisi la fuite au lieu d'affronter ses émotions. Or, ce n'était qu'en leur faisant face qu'il parviendrait à les dompter.

Déterminé, il se lança.

— Tout à l'heure, quand on a parlé de ce qui s'est passé la nuit dernière… Je pense que j'avais tort. Non, je sais que j'avais tort. Ce qu'il y a entre nous, c'est compliqué et… perturbant, mais c'est réel et fort. Ne pas le reconnaître, c'est se mentir. J'ai l'impression que tu ressens la même chose, mais si ce n'est pas le cas…

— C'est le cas.

Hypnotisé par le mouvement de ses lèvres, il mit un moment à comprendre les mots qu'elle venait de prononcer.

— Tu en es sûre ?

— Oui.

Comme elle détournait le regard, visiblement déboussolée, il ramena doucement son visage vers lui.

— Je sais que c'est perturbant, qu'on n'a pas toutes les réponses, mais ce n'est pas grave. On trouvera. Ensemble.

Alors, sans un mot, la jeune femme laissa glisser le peignoir dont elle était sur le point de s'envelopper et saisit la main de Ragnar pour la poser sur sa poitrine.

Le cœur battant, le corps brusquement en feu, il l'embrassa. Pas un baiser doux et timide comme elle lui avait donné dans la cuisine. Non, un baiser qui contenait tout le désir qu'ils réprimaient depuis des mois.

— Tu ne peux pas imaginer à quel point j'ai envie de toi, murmura-t-il contre sa bouche. Je pense à toi sans arrêt.

— Moi aussi, répondit-elle dans un soupir. Je ne peux pas m'en empêcher.

Cette voix… Cette voix sublime, chaude et rauque… Sous ses doigts, il sentait la poitrine de Lottie, le doux arrondi de son sein, son téton qui se contractait sous le tissu mouillé. Lentement, il commença à la caresser. Il aimait la façon dont tout le corps de la jeune femme lui répondait, sa façon de se presser contre lui, le rythme saccadé de sa respiration.

Elle se pressa contre son sexe dressé.

— Viens, parvint-il à murmurer, on rentre.

— Non, souffla-t-elle.

Toute protestation mourut sur ses lèvres quand Lottie glissa la main sous l'élastique de son maillot de bain. Abandonnant la bataille, il souleva la jeune femme dans ses bras pour l'allonger sur la chaise longue la plus proche. Puis, sans la quitter du regard, il recula d'un pas et fit glisser son short de bain sur le sol.

7.

Le cœur battant à tout rompre, Ragnar contemplait la femme allongée face à lui. Jamais il n'avait été témoin d'un spectacle d'une telle sensualité. Étendue sur la chaise longue recouverte de fourrure, le regard brillant de désir, les cheveux ruisselant sur ses épaules… elle était la tentation incarnée. D'un mouvement, il se glissa auprès d'elle. Sa peau était délicieusement chaude et parsemée de gouttes d'eau qui brillaient comme autant de petites perles. Hypnotisé, il entreprit de lécher une petite goutte d'eau, puis une autre, traçant un chemin érotique entre chaque petite perle brillante. Tout le corps de Lottie frissonna sous la caresse de sa langue.

— Ragnar…

Elle murmura son nom, et c'était la plus belle chose qu'il avait jamais entendue. Il s'allongea sur elle et l'embrassa avidement. Quand ils se séparèrent enfin pour reprendre leur souffle, il glissa les mains sous les bretelles du maillot de bain qu'elle portait et fit glisser le tissu mouillé le long de son corps. Ses seins étaient hauts et fermes, son ventre délicieusement arrondi.

— Tu es magnifique.

Il fit courir sa langue sur ses tétons dressés, se délectant du goût délicieusement salé de sa peau.

Puis, tout à coup, Lottie se redressa et le renversa sur la chaise longue. Le regard brûlant de détermination, elle tendit la main vers son sexe dressé. Il tenta de la retenir, mais elle écarta sa main d'un geste et posa les lèvres sur son sexe. Quand elle referma les lèvres sur lui, il perdit toute notion du monde qui l'entourait, seul existait le plaisir que cette femme lui offrait. Il n'avait jamais été aussi excité de sa vie, son corps tout entier tendu vers la jouissance. La chaleur de sa bouche le rendait fou. Il était près, si près…

Non. Il voulait, il avait besoin d'être en elle. De sentir le corps de Lottie vibrer sur le sien. Il se dégagea et la plaqua contre lui.

— Ragnar…

La voix de Lottie, légèrement paniquée, se fraya un chemin jusqu'à sa conscience.

— Je n'utilise pas de moyen de contraception.

Elle ne…

Le sang battant dans ses tempes, il la dévisagea sans comprendre. L'excitation qui bouillonnait dans son corps l'empêchait de se concentrer sur ses paroles.

Elle ne…

Bon sang ! Comment avait-il pu se montrer si inconscient ? Était-il vraiment sur le point de faire l'amour avec Lottie en oubliant de les protéger ? On aurait dit un adolescent.

Mais ce n'était pas le moment de céder à la honte et à la panique. La priorité était de la rassurer, de dissiper l'inquiétude qu'il lisait dans son regard. Il prit son visage entre ses mains et l'embrassa tendrement.

— Ne t'inquiète pas. Rien ne nous oblige à…

Il laissa sa phrase en suspens. Il ne voulait pas qu'elle devine la tension dans sa voix. Hors de question qu'elle ressente la moindre pression. Ce fut Lottie qui le ramena vers elle.

— J'en ai envie. C'est juste que je n'ai pas de préservatif.

— Moi non plus. Enfin, pas ici.

La jeune femme se mordit nerveusement la lèvre.

— Je n'ai pas vraiment eu de… Enfin, depuis… nous. C'est pour ça que je n'ai pas…

C'était absolument irrationnel mais, à ces mots, une vague de soulagement et de gratitude le submergea.

— Pour moi non plus, murmura-t-il. Il n'y a eu personne.

Dans le regard de Lottie, une lueur d'étonnement s'alluma. Est-ce qu'elle le croyait ? Il aurait été incapable de le dire. À vrai dire, lui-même avait du mal à y croire. Mais après sa nuit avec Lottie, il s'était plongé dans le travail, trop perturbé par cette rencontre pour vouloir tester à nouveau sa propre application.

— On devrait rentrer, lâcha-t-elle dans un souffle.

La perspective de retrouver la solitude de sa chambre lui était insupportable, mais il acquiesça cependant.

— Oui, bien sûr.

Elle sembla hésiter brièvement avant de demander.

— Ta chambre ou la mienne ?

En pleine confusion, il scruta le visage de la jeune femme, à la recherche d'indices sur ce qu'elle désirait réellement.

— Je... On... Enfin, on n'est pas...

— Tu as changé d'avis ? demanda-t-elle d'une voix tremblante.

Quelle idée ! Non ! Bien sûr que non.

— Tu sais bien que c'est impossible. Je ne pense à rien d'autre depuis des mois.

Lottie esquissa un sourire.

— Ma chambre alors.

Après s'être enroulée à la hâte dans son peignoir, Lottie laissa Ragnar la guider dans l'obscurité de la maison. Son cœur battait vite, résonnait dans ses tempes, dans un mélange d'excitation et de panique. Quitter la piscine l'inquiétait. Et si le changement de lieu, d'atmosphère détruisait la magie ?

Mais à mesure qu'ils gravissaient les marches qui menaient à l'étage, elle sentait Ragnar serrer plus fort sa main dans la sienne. Brusquement, il l'attira à lui et chercha sa bouche dans la pénombre. Il y avait une telle urgence dans son baiser, une telle soif... tous ses doutes s'envolèrent. Elle en oubliait jusqu'à son propre nom. Il n'y avait plus que leurs souffles mêlés, la chaleur de leurs bouches et la nuit qui les entourait.

Ils parvinrent à grand-peine jusqu'à sa chambre. Elle avait laissé les rideaux ouverts, et ils se déshabillèrent à la lumière de la lune. Chancelant et sans cesser de s'embrasser, ils traversèrent la chambre jusqu'au lit, sur lequel ils s'effondrèrent.

Aussitôt, Ragnar attira ses hanches vers lui pour embrasser sa taille, l'intérieur de ses cuisses. Sous ses caresses, Lottie sentit ses dernières réserves l'abandonner. Elle n'était plus que sensations : le souffle de Ragnar sur sa peau, ses baisers. Enfin, il posa les lèvres sur son sexe offert, et elle laissa un gémissement de plaisir lui échapper, emportée dans un tourbillon de plaisir.

Elle voulait à la fois qu'il accentue ses caresses, qu'il l'emporte vers la jouissance et qu'il ralentisse, pour que cette délicieuse sensation ne prenne jamais fin. Tout son corps vibrait, traversé par des vagues de plaisir de plus en plus intenses. Elle agrippa ses cheveux et l'attira plus fort encore vers elle.

Alors, il se redressa et, après lui avoir offert un sourire éblouissant, s'empara de sa bouche. Elle lui rendit son baiser avec passion mais, déjà, il avait laissé glisser ses lèvres plus bas, sur son cou, son sein. Il était partout à la fois. Son corps, solide et puissant, l'enveloppait. Comme si l'univers se réduisait à lui.

Il glissa les doigts en elle, et Lottie sentit le souffle lui manquer.

— Est-ce que tu as… parvint-elle à murmurer.

— Tu es sûre ?

Elle devinait à sa voix la tension qui l'habitait, l'effort qu'il faisait pour garder le contrôle.

— Oui.

Alors, il roula sur le dos et quitta la chambre d'un pas rapide. Lottie frissonna. Elle ressentait physiquement l'absence de Ragnar, comme si le soleil avait brusquement disparu. Mais déjà il était de retour. D'un geste rapide, il déchira l'emballage du préservatif et le déroula sur son sexe, avant de revenir s'allonger contre elle.

Sans plus réfléchir, guidée par un instinct primitif, elle noua les bras autour de son torse pour l'attirer à elle. Puis, les lèvres plaquées contre celles de son amant, elle le guida en elle.

Malgré les longs mois passés sans se voir, c'était comme si leurs corps se reconnaissaient. Les mouvements de Ragnar en elle suivaient le rythme de plus en plus effréné des battements de son propre cœur, ses halètements rauques répondant à ses propres gémissements. La jouissance la surprit brusquement, avec force. Exactement au même instant, le corps de Ragnar se tendit dans un dernier soubresaut.

Il s'effondra sur elle, le visage enfoui dans ses cheveux. Leurs respirations étaient haletantes, leurs corps luisant de transpiration… et pourtant elle aurait voulu rester comme ça pour toujours. Ragnar finit cependant par se dégager et se laissa tomber sur le lit, l'attirant dans ses bras.

— J'ai fait attention, murmura-t-il.

— Je sais, répondit-elle avec reconnaissance.

Quel soulagement de voir qu'il comprenait et partageait ses inquiétudes. Qu'elle n'était plus seule face à cette écrasante responsabilité.

Il la serra un peu plus fort contre lui, et ils s'endormirent.

Lottie n'aurait su dire ce qui l'avait tirée du sommeil. Mais avant même d'avoir ouvert les yeux, elle sentit la présence de Ragnar tout contre elle. Son corps chaud et solide semblait épouser les contours du sien. Aussitôt, une douce langueur envahit ses membres, et elle garda les yeux fermés un peu plus longtemps. Elle voulait prolonger ce moment en équilibre entre la nuit et le jour. Car, dès qu'elle ouvrirait les yeux, le monde réel reprendrait ses droits. Ils devraient s'habiller et se comporter en adultes responsables. Elle serra plus fort les paupières. Elle aurait voulu rester dans ses bras à jamais – rester cette femme qu'elle devenait sous ses caresses.

Son corps était alangui, lourd, et pourtant elle ne s'était jamais sentie si vivante, si… elle-même. Si seulement le temps pouvait s'arrêter… au moins jusqu'à ce qu'elle soit prête.

À cette pensée, elle sentit son cœur se serrer. Prête à quoi ? Que lui réservait l'avenir ? Il n'y avait qu'une façon de le savoir.

À contrecœur, Lottie ouvrit les yeux. À quelques centimètres à peine de son visage, Ragnar la regardait de son regard d'un bleu perçant.

— Bonjour, murmura-t-il.

Elle tenta de lire l'expression de son visage. Regrettait-il ce qui s'était passé ? Ce n'était pas l'impression qu'elle avait eue. Mais, à l'abri de l'obscurité, blottis dans les bras l'un de l'autre, il était si facile de faire comme si le reste du monde n'existait pas…

— Quelle heure est-il ? demanda-t-elle.

— Presque 6 heures. Je suis désolé… Je t'ai réveillée ?

Elle secoua la tête.

— Non. Je suis presque toujours réveillée à 6 heures. Sóley n'est pas vraiment portée sur les grasses matinées, répondit-elle dans un sourire.

Le silence s'installa entre eux.

Leurs jambes étaient entremêlées, et elle n'avait qu'à tendre la main pour toucher son visage, mais que signifiait vraiment cette proximité physique ? Est-ce que quelque chose avait changé, pour lui aussi, cette nuit ?

Après tout, ce n'était que du sexe…

À cette pensée, Lottie sentit ses joues s'empourprer. Non, ce n'était pas que du sexe. Parce qu'il n'y avait eu personne d'autre depuis Ragnar. La nuit précédente, elle n'avait pas simplement cédé à l'appel de son corps. C'était plus comme admettre, enfin, que quelque chose ne s'était jamais vraiment terminé entre eux.

Elle inspira profondément dans l'espoir de maîtriser

les battements de son cœur. Surtout, ne pas s'emballer. Sa rencontre avec Alistair aurait dû lui servir de leçon : il n'y avait rien de bon à laisser son imagination dessiner des avenirs radieux qui ne se matérialiseraient jamais.

— Au sujet de cette nuit…

Ils avaient tous les deux parlé en même temps.

— Tu penses que c'était une erreur ? demanda Ragnar.

— Et toi ? répondit-elle, le cœur serré.

Ragnar la dévisagea longuement avant de répondre.

— Non.

— Moi non plus.

Quelques secondes passèrent sans qu'aucun d'eux n'ose bouger, puis il l'attira à lui et l'embrassa avec la même ferveur que quelques heures plus tôt, dans l'obscurité de la nuit.

— Et maintenant ? chuchota-t-il à son oreille.

« Et maintenant… » Les mots qui avaient eu une importance si déterminante, le tournant de leur histoire. Sauf que quand elle les avait prononcés, devant ce restaurant, pressée contre le corps de cet homme qu'elle venait à peine de rencontrer, elle avait le sentiment que l'avenir leur appartenait. Ou plutôt les avenirs. Tout était encore à inventer, rien n'était interdit ou définitif. Depuis… une bonne dose de réalité s'était immiscée dans leur relation. Bonne et mauvaise. Et l'avenir ne ressemblait plus à cette page blanche sur laquelle tout restait à écrire.

Mais à quoi ressemblait-il alors ? Lottie laissa son regard errer sur le corps nu de Ragnar, les muscles dessinés de son torse, son ventre plat, la ligne de poils qui descendait… Elle ne voulait pas renoncer à tout ça. Pas déjà.

— Lottie ?

Elle devinait l'inquiétude, la tension, dans la voix de Ragnar. Ses pensées étaient confuses, elle aurait été incapable de dire ce qu'elle ressentait vraiment, ce qu'elle voulait. Mais il fallait essayer. Elle le lui devait.

— J'ai envie de continuer. Avec toi.

Il planta son regard dans le sien.

— Moi aussi. Vraiment. Démesurément. Éhontément.

Je n'ai pas envie de tourner le dos à ce qui est en train de se passer entre nous. Pas encore, répondit-il en suivant la courbe de sa hanche du bout du doigt.

Il y avait une telle assurance dans sa voix, une telle certitude…

— Offrons-nous ces trois semaines.

C'était exactement ce qu'elle aurait voulu lui proposer. Si ce n'est que cela semblait tellement plus simple, quand c'était lui qui le formulait.

— Et quand ce sera terminé, tu seras toujours la mère de Sóley, et moi son père, exactement comme prévu, conclut-il.

— Donc on continue comme ça ?

— Jusqu'à ce qu'on n'en ait plus envie, acquiesça-t-il.

Son regard bleu dégageait une sérénité irrésistible. Elle se pencha vers lui, et ils entreprirent de profiter de ce nouveau jour.

Ragnar se laissa aller contre le dossier de sa chaise. Lottie et lui déjeunaient dans la salle à manger pendant que Sóley faisait la sieste à l'étage.

En temps normal, il ne manquait jamais d'être ébloui par la beauté de cette pièce. Le contraste entre l'intérieur luxueux et la nature sauvage qui s'étendait à perte de vue était saisissant. Aujourd'hui, pourtant, il ne pouvait détacher le regard de la femme qui lui faisait face.

Leur relation était beaucoup plus apaisée. Bien sûr, Lottie était toujours la personne la plus réservée qu'il ait jamais rencontrée, mais il n'y lisait plus une marque de défiance. À présent, il comprenait que c'était simplement sa façon d'être à l'écoute, attentive. Quand elle le regardait, il avait l'impression qu'elle cherchait à percer les secrets de son âme.

— Est-ce que tu aimerais faire une promenade à cheval après le déjeuner ? Je pourrais te montrer le domaine, proposa-t-il sur une impulsion.

— Et Sóley ?

— On ne sera pas partis plus d'une heure, et je suis sûr que Signy attend avec impatience une occasion de la garder.

Comme elle semblait hésiter, il s'empressa d'ajouter :

— Mais bien sûr, si on sent que Sóley n'est pas rassurée, on ne partira pas.

— J'adorerais découvrir le domaine et j'ai très envie de monter à cheval, mais je n'ai pas d'équipement.

— Dès que tu m'as dit que tu aimais l'équitation, j'ai envoyé quelqu'un t'acheter un pantalon, des bottes et un casque.

— Comment connaissais-tu ma taille ?

Avec une lenteur délibérée, il laissa glisser son regard le long du corps de la jeune femme.

— Je pense que j'en ai une bonne idée.

Comme il s'y attendait, les joues de Lottie s'enflammèrent, et Ragnar sentit son propre corps réagir. Il but une longue gorgée d'eau pour apaiser le feu qui brûlait dans ses veines. En vain. Rien ne semblait pouvoir détourner son attention du désir que cette femme lui inspirait.

À peine quelques heures plus tôt, la chaleur de la peau de Lottie contre la sienne, son odeur, avaient fait s'envoler toutes ses pensées. Il n'avait jamais été aussi peu en contrôle de ses actions et émotions de toute sa vie. À son côté, il était entièrement guidé par le désir.

Le désir… non, il n'était pas question uniquement de désir physique, mais de ce sentiment écrasant qui l'avait poussé à fuir le lit de Lottie, au petit matin, presque deux ans plus tôt.

Serait-il capable de reprendre sa vie normale, une fois ces trois semaines écoulées ? Et même était-ce ce qu'il désirait ?

La réponse s'imposa à lui. Non. Vivre avec Sóley et Lottie, c'était comme avoir trouvé sa place. Une famille.

Sauf qu'il avait déjà une famille.

Ragnar jeta un coup d'œil vers le ciel. Le soleil était encore haut, bien que dissimulé par un banc de nuages. Au moins, il ne neigeait pas. Plusieurs itinéraires se prêtaient à l'équitation dans les environs, mais il voulait faire découvrir le domaine à Lottie. C'était la raison pour laquelle il avait choisi de se diriger droit vers la colline. C'était une excursion qui demandait des cavaliers expérimentés, mais Lottie s'était révélée excellente cavalière, dotée d'un style élégant et équilibré. Elle semblait tout à fait à son aise avec Orvar, le magnifique hongre qu'il avait choisi pour elle.

Lui-même était monté sur Camille, sa jument baie favorite. Il contourna un ruisseau gelé et se dirigea sans forcer vers l'arête de la crête, heureux de laisser les chevaux imposer leur propre rythme sur ce terrain accidenté.

Dans sa poche, son téléphone vibra. Inutile de regarder l'écran pour deviner de quoi il était question. Le drame en six actes qui opposait sa sœur et leur mère avait accueilli de nouveaux protagonistes : Nathan, son ex-beau-père, et Freya, sa demi-sœur. Il fallait qu'il trouve une solution, et vite, avant qu'ils ne s'entre-tuent.

Il jeta un coup d'œil à Lottie derrière lui, et la pureté de la joie qui rayonnait sur son visage lui transperça le cœur. Sa famille pouvait attendre. Pour une fois il avait mieux à faire.

— Alors ? Comment te sens-tu ?

— Bien, répondit-elle timidement. Tout le mérite en revient à Orvar. Il se laisse guider et réagit au moindre mouvement. C'est rare pour un cheval si puissant.

— Il n'est pas comme ça avec tout le monde. Tu le diriges avec douceur, c'est pour ça qu'il accepte de se laisser faire.

Comme son téléphone vibrait une nouvelle fois dans sa poche, il soupira. Il connaissait assez sa famille pour savoir que la personne qui cherchait à le joindre, quelle qu'elle soit, n'abandonnerait pas.

— Désolé, je dois répondre.

Lottie regarda Ragnar s'éloigner avec un soupir de soulagement. Elle avait cru que le grand air lui ferait du bien, mais elle s'était trompée. Ce n'était pas d'être enfermée dans la maison qui l'empêchait de réfléchir, c'était la présence de Ragnar auprès d'elle.

Elle avait passé la matinée à tenter de se persuader que le tourbillon d'émotions qui bouillonnait en elle s'expliquait par le fait qu'elle venait d'avoir sa première relation sexuelle en deux ans. Et par le spectacle bouleversant de l'amour de Ragnar pour Sóley, qui transparaissait dans chacun de ses gestes. Mais alors pourquoi cette sensation l'habitait-elle ici, alors que Sóley était bien au chaud à la maison ?

Elle jeta un coup d'œil en direction de Ragnar. Il était manifestement en train de consoler quelqu'un, une femme à en juger par les éclats de voix qui parvenaient jusqu'à elle.

— D'accord, je parlerai à Nathan, mais tu dois lui présenter tes excuses. Parce que c'est notre mère !

Sa sœur. Et est-ce que ce Nathan était son frère ? Lottie sentit la tête lui tourner. Elle ne savait même pas que Ragnar avait une sœur, ou un frère. C'était en partie sa faute : elle ne s'était même pas posé la question. Mais ils semblaient si proches, pourquoi ne lui en avait-il jamais parlé ?

La réponse s'imposa à elle : il ne lui faisait pas confiance. Avant qu'elle n'ait pu absorber cette découverte Ragnar revint vers elle.

— Désolé.

Son expression était impénétrable. De toute évidence, il n'avait pas envie de lui parler de la conversation qu'il venait d'avoir. Mais maintenant qu'elle savait qu'il avait une famille, elle voulait en savoir plus. Pour la simple raison que la famille de Ragnar était aussi celle de Sóley.

— Tout va bien ?

Il hésita longuement et, le temps d'un instant, elle crut qu'il n'allait pas répondre.

— Ça va s'arranger, finit-il par lâcher, le regard fixé vers l'horizon.

— C'était ta sœur ?

Il laissa passer quelques secondes avant de répondre.

— Oui. Marta.

Elle attendit sans un mot qu'il poursuive.

— Elle s'est disputée avec notre mère. Rien de grave… Ma mère veut qu'elle se comporte d'une certaine façon, Marta fait le contraire. Ça va finir par se calmer. Comme toujours, finit-il par ajouter, visiblement à regret.

— Au moins elle sait qu'elle peut t'appeler quand ça ne va pas. C'est bien !

— Oui, j'imagine.

Il donna un petit coup de talon à sa jument et accéléra.

— Par ici, on est tout près.

Un moyen efficace de lui signifier que la conversation était terminée.

Ils atteignirent le sommet une dizaine de minutes plus tard. Éblouie, Lottie immobilisa son cheval d'un mouvement sec du poignet. Jamais elle n'avait contemplé un tel paysage.

Au loin, elle voyait briller le bleu d'un glacier. Un peu plus près, des champs recouverts de neige, parsemés de rochers irréguliers, dans toutes les teintes de gris et d'argenté. Plus près encore, deux majestueuses cascades coulaient le long d'immenses falaises de roche noire.

— On peut s'approcher ?

— On peut même passer sous les cascades si tu veux.

Il leur fallut moins d'un quart d'heure pour arriver au pied des cascades. Une piscine naturelle dégageait des volutes de vapeur qui réchauffaient assez l'air ambiant pour faire fondre la neige et révéler quelques taches d'herbe vertes dont les chevaux se régalèrent aussitôt. Lottie et Ragnar se rapprochèrent à pied des cascades. Le bruit de l'eau frappant la roche était assourdissant et, après avoir contemplé l'éblouissant ballet de l'eau, ils s'éloignèrent un peu pour se délecter du spectacle à l'abri.

— J'aurais dû prendre mon appareil-photo !

— Tiens ! répondit Ragnar en lui tendant son téléphone.

Elle gravit un petit monticule rocheux, choisissant soigneusement l'angle et le cadre qui rendraient honneur à la beauté naturelle du lieu. C'était un travail minutieux, dans lequel elle se perdait généralement avec bonheur, oubliant le monde alentour. Pourtant aujourd'hui, elle en était incapable, trop consciente du regard de Ragnar sur elle… et des questions qui se bousculaient dans sa tête.

— Tu as combien de frères et sœurs ? finit-elle par lui demander.

Un silence tendu lui répondit. Enfin, comme s'il se faisait une raison, il laissa tomber :

— Sept.

— Sept !

Stupéfaite, elle se tourna vers lui. Enfant, elle avait rêvé de grandir dans une famille nombreuse, où elle se serait sentie peut-être plus à sa place que dans la petite cellule formée par sa mère et son frère.

— Quelle chance ! reprit-elle. Ils vivent tous en Islande ?

— Ça dépend des moments.

— Mais alors pourquoi est-ce que tu as choisi de vivre ici, si loin de tout ?

— Est-ce qu'on sait vraiment pourquoi on choisit de vivre quelque part ? répondit-il dans un haussement d'épaules.

Ragnar inspira profondément pour contenir son agacement. Il avait toujours détesté parler de sa famille. Mais là, avec Lottie et ce qui était arrivé entre eux depuis la veille, c'était tout bonnement au-dessus de ses forces. C'était comme se retrouver face à l'Inquisition. Il tenta de se raisonner : ces questions étaient très banales. N'importe qui aurait posé exactement les mêmes.

Une douleur sourde vrilla brusquement sous son crâne. Ça ne lui ressemblait pas de tout compliquer de la sorte. Sa règle de vie était simple : compartimenter. Travail, famille, vie privée, autant de domaines strictement séparés. Jusqu'à présent, cela avait parfaitement fonctionné. Mais Lottie et

Sóley devraient bien rencontrer sa famille un jour… Que se passerait-il alors ?

Il refusait d'y penser. Il refusait de gâcher cette magnifique journée en lui parlant de tous les mélodrames qui agitaient sa famille. Sóley et elle seraient bien assez vite aspirées par ce tourbillon, et la simple idée de les plonger au cœur du chaos le terrifiait.

Et pourtant il devait une explication à Lottie. La détresse qui assombrissait son beau visage lui serrait le cœur. Sa rebuffade l'avait déstabilisée, et il ne supportait pas de la voir souffrir par sa faute. Il lui devait la vérité. Ou, au moins, une version édulcorée de la vérité. Une part de lui-même qu'il n'avait jamais partagée avec personne.

— La famille de ma mère avait une ferme, près d'ici. On y passait nos étés. Vers huit ans, j'ai rencontré un garçon de mon âge, Daniel, qui pêchait avec son père au bord du lac que tu vois là-bas. Ils m'ont appris à pêcher, et j'ai attrapé mon premier saumon. Puis ils m'ont invité chez eux pour le faire cuire. C'était le meilleur repas de ma vie, conclut-il avec un sourire.

Il garda pour lui que, plus encore que le poisson, c'était le repas dans son ensemble dont il gardait un souvenir inoubliable. La maison de Daniel était petite et modestement meublée, mais ses parents étaient si calmes, si patients, l'atmosphère si paisible… qu'il avait fini par s'endormir.

Cet été-là, était le tout dernier avant le divorce de ses parents, et l'ambiance chez lui était bien différente, plus volcanique encore que d'habitude.

— C'est la raison pour laquelle tu aimes venir ici ? s'étonna-t-elle.

Comment aurait-elle pu comprendre le choc que cela avait été de découvrir, soudainement, qu'il existait un autre modèle de famille ? Une vie sans psychodrame ? Que c'était là, assis dans cette cuisine, qu'il avait formé le vœu de se construire une vie apaisée, loin des passions qui déchiraient son univers. Une vie où l'étrange sentiment qui lui emplissait à présent la poitrine n'avait pas sa place.

C'était la raison pour laquelle il ne pouvait pas accueillir Lottie dans sa vie. Déjà, il ressentait ses joies et ses peines comme si elles étaient les siennes. Mais il ne se laisserait pas entraîner dans cette vie dominée par les émotions.

Tant qu'il les contrôlait, tout irait bien.

8.

Penchée au-dessus de la rampe d'escalier, Lottie observait le spectacle en contrebas. Elle était montée chercher des chaussettes propres dans la chambre – après que Sóley avait décidé de tremper les siennes dans ses céréales – mais, alors qu'elle redescendait, un éclat de rire cristallin l'avait arrêtée, suivi d'un second, émanent d'une voix beaucoup plus grave.

Dans le salon, Ragnar et leur fille jouaient à cache-cache, pour le plus grand plaisir de cette dernière qui poussait des petits cris d'excitation à chaque fois qu'elle découvrait le visage de son père. Malgré elle, Lottie sentit un immense sourire s'étaler sur son visage.

Moins d'une semaine plus tôt, il lui aurait été impossible de se réjouir face à un tel spectacle. La peur d'être exclue de cette relation aurait dévoré toute joie. Mais aujourd'hui elle ne se sentait plus menacée.

Elle se laissa aller contre le mur, se dérobant un peu plus à la vue de Ragnar et de leur fille. Beaucoup de choses avaient changé ces derniers jours. Au lieu de se sentir prisonnière d'une tanière perdue aux confins du monde, elle se sentait presque autant chez elle ici que dans sa propre maison du Suffolk. Et au lieu de compter les jours qui la séparaient de sa libération, elle cherchait à profiter de chaque seconde qui lui restait.

Surtout, ses sentiments pour Ragnar avaient changé.

Si elle n'avait pas oublié sa colère, ni ses désillusions des deux années précédentes, ces dernières se dissipaient peu à peu, fondaient comme la neige de printemps sur un lac gelé.

Quand elle s'était réveillée ce premier matin, dans ses bras à lui, mais dans son lit à elle, son premier sentiment avait été la panique. Mais quand il lui avait proposé de s'offrir ces trois semaines de parenthèse, elle avait aussitôt accepté, habitée par la certitude qu'elle ne voulait pas se contenter d'une nuit. Ce n'était qu'au cours de leur excursion à cheval qu'elle avait compris que ce n'était pas vraiment ce qu'elle voulait. Ou plutôt pas uniquement ce qu'elle voulait.

Elle voulait tout apprendre de cet inconnu qui était le père de sa fille et possédait le pouvoir de lui faire perdre la tête d'un seul regard.

Hélas, Ragnar lui avait clairement indiqué qu'il n'avait, de son côté, aucune intention de s'ouvrir à elle. Le souvenir de cette conversation au pied des cascades lui nouait toujours l'estomac.

Mais plus les jours passaient, plus elle était consciente qu'elle ne pouvait s'en prendre qu'à elle-même. Quand elle lui avait appris l'existence de Sóley, elle était tellement concentrée sur ses propres angoisses, sur ce que cela allait changer pour elles, qu'elle ne s'était pas réellement posé de question sur sa vie à lui. Pas un instant, elle n'avait songé à sa famille ou ne l'avait interrogé à ce sujet.

Alors que c'était visiblement une dimension importante de sa vie. Depuis leur arrivée, Marta avait déjà appelé plusieurs fois, ainsi que leur mère. Et chaque fois, en l'écoutant leur répondre, déployer des trésors de patience et de diplomatie pour leur venir en aide, elle avait senti une piqûre de jalousie la transpercer.

Une jalousie qui n'avait pas sa place dans leur relation, il était temps de se reprendre. Lottie descendit résolument les marches qui la séparaient du salon. Les cris d'excitation qui accueillirent son apparition dans la pièce lui réchauffèrent le cœur.

— Tu lui as manqué.

Comme toujours, un frisson la parcourut au son de la voix

de Ragnar. Le cœur battant, elle se tourna vers le coin de la pièce où il se trouvait. Adossé contre un des imposants canapés en cuir, vêtu d'un pull bleu qui rehaussait l'éclat de ses yeux, et une mèche blonde en travers du front, il semblait détendu, heureux et incroyablement sexy.

— Désolée d'avoir mis si longtemps.

— Arrête de t'excuser à chaque fois que je surveille Sóley. Sinon, je vais devoir commencer à m'excuser pour chaque jour des onze derniers mois.

— Je sais. C'est juste que je ne veux pas te tenir pour acquis.

Il planta son regard dans le sien.

— Vraiment ? Et comment veux-tu me prendre alors ? demanda-t-il doucement.

Le souffle court, Lottie sentit une brusque chaleur envahir son corps et son cœur battre à tout rompre dans ses tempes. Pourtant, derrière le bruit assourdissant de son cœur, lui parvenait aussi, lointain, le grésillement de son téléphone.

Cela pouvait aussi bien être sa mère ou Lucas que Georgina avec une information capitale pour sa carrière... Mais impossible de se concentrer assez pour répondre. Ce fut Ragnar qui finit par tendre la main vers la table où se trouvait le téléphone pour le lui donner.

— Tiens ! C'est peut-être une commande. Ce n'est pas parce que je suis en vacances que tu dois perdre des ventes.

Heureuse de cette distraction, Lottie baissa les yeux vers l'écran. Comment interpréter ses paroles ? Était-ce un moyen de lui rappeler qu'elle était une amourette de vacances ? Était-ce la raison pour laquelle il ne voulait pas lui parler de sa famille ? Elle aurait voulu avoir le courage de le lui demander.

À la place, elle se concentra sur l'écran de son téléphone. Ce n'était pas une commande. Juste un message de Lucas qui lui disait qu'il avait réparé la fuite dans son atelier et lui demandait si elle pensait qu'une balançoire ferait plaisir à Sóley pour son anniversaire.

L'anniversaire de Sóley… Célébrer la première année de sa fille aurait dû être au centre de ses préoccupations et, pourtant, elle refusait d'y penser. Car l'anniversaire de Sóley faisait partie d'un futur où elle ne se réveillerait plus dans les bras de Ragnar chaque matin. Un futur auquel elle ne voulait pas encore songer.

— Tout va bien ?

— Oui, c'est juste Lucas.

Effrayée à l'idée qu'il devine le cheminement de ses pensées, elle prit sa fille dans ses bras pour l'asseoir sur ses genoux.

— Allez, viens mettre tes chaussettes.

Mais avant qu'elle ait pu finir sa phrase, Sóley s'était laissée glisser le long de ses jambes et s'enfuyait en rampant à toute allure avec son téléphone.

— Petite coquine !

Lottie se lança à la poursuite de la fillette et la souleva dans les airs pour le plus grand plaisir de cette dernière. Puis, ayant récupéré son téléphone, elle voulut la reposer sur le sol.

Mais elle sentit Sóley raidir ses petites jambes, comme elle le faisait depuis quelques semaines maintenant.

— D'accord, je te mets debout.

Elle lâcha doucement sa fille qui chancela quelques secondes avant de trouver son équilibre. Puis Sóley tendit les bras vers son père.

— Ragnar, murmura Lottie, le cœur battant d'excitation.

Il leva les yeux et commençait à se relever pour s'approcher de leur fille lorsqu'elle l'arrêta.

— Non, appelle-la.

Elle vit l'excitation illuminer son regard bleu tandis que, devinant ce qui était sur le point de se passer, il s'accroupissait et tendait les bras vers leur fille. Lottie leva son téléphone et se mit à filmer.

— Sóley, appella-t-il doucement. Sóley, viens voir papa.

Il sembla hésiter un instant puis répéta la phrase en islandais.

Retenant son souffle, Lottie vit sa fille avancer vers lui les bras tendus, un pas chancelant après l'autre. Elle s'arrêta après quelques pas, battit des bras, et Ragnar la rattrapa avant qu'elle ne bascule vers l'avant.

Le regard brouillé de larmes, Lottie coupa la caméra. En deux pas, Ragnar avait traversé la pièce et l'attirait contre Sóley et lui.

— Merci, murmura-t-il.

— Pourquoi ?

— Ses premiers pas.

Émue, Lottie ferma brièvement les paupières.

— Je suis désolée d'avoir été tellement centrée sur moi les premiers jours que je n'ai pas pensé à te demander ce que ça te faisait, tout ça. Ni ce que ta famille en pensait, alors que je t'assommais avec mes propres histoires.

— Tu ne m'assommais pas. Et ton père a fait la pire erreur de sa vie en renonçant à mieux te connaître : tu es une femme hors du commun.

Elle secoua la tête.

— Au contraire. Je me suis montrée égoïste et autocentrée.

— Et moi un sale manipulateur condescendant, répondit-il avec un sourire

Reconnaissant ses propres paroles, elle lui rendit son sourire.

— J'ai vraiment dit ça ?

— Je méritais sans doute pire.

Cette fois, elle laissa échapper un franc éclat de rire.

— Ce qui est sûr, c'est que je pensais bien pire. Je peux t'envoyer la vidéo pour que tu la transfères à ta famille, si tu veux, ajouta-t-elle en reprenant son sérieux. J'en ai plein d'autres, je vais te les envoyer.

Seul le silence lui répondit d'abord. Quand Ragnar répondit enfin, sa voix avait changé, perdu la légèreté qu'elle avait encore quelques secondes plus tôt.

— J'aimerais beaucoup les voir.

Avant que Lottie n'ait pu s'interroger sur la raison de ce brusque revirement, Sóley se jeta vers elle et l'attira à eux, dans une sorte de câlin à trois, et elle se laissa faire. L'image de son jardin dans le Suffolk s'imposa soudain à elle. Elle pouvait se voir avec Ragnar et Sóley, par une belle journée ensoleillée. Ragnar et elle se relayant pour pousser la petite fille sur sa nouvelle balançoire… Il était temps de faire preuve de courage.

Elle s'éclaircit la gorge.

— Je me demandais… Enfin, je sais que tu es très pris, donc je comprendrais que ça ne soit pas possible, mais je me demandais si tu voulais venir à la maison pour l'anniversaire de Sóley ? On n'a pas prévu de grande fête, mais ça lui fera plaisir que tu sois là. Et à moi aussi.

Les joues en feu, elle osa enfin relever les yeux vers lui.

— J'adorerais.

Signy entra dans la pièce à cet instant.

— Excusez-moi monsieur Stone, je n'avais pas vu…

— Aucune raison de vous excuser, Signy ! Sóley vient de faire ses premiers pas. Célébrons-les dignement. Nous avons du champagne au frais ?

— Oui monsieur.

— Parfait. Alors fêtons cet événement, conclut-il en posant un baiser sur les cheveux de leur fille avant de se pencher vers Lottie pour l'embrasser à son tour.

Ragnar fixait l'écran désespérément blanc de son ordinateur. Sur le bureau se trouvaient aussi une pile de plans marketing à relire ainsi que ses magazines préférés… auxquels il n'avait pas touché depuis qu'il était assis là.

Depuis qu'il avait pris la résolution de s'octroyer chaque année quelques semaines de véritable coupure, une pratique qui avait fait ses preuves chez de nombreux autres dirigeants d'entreprise, cela lui avait toujours permis de prendre de la hauteur et de revenir plein de nouvelles idées et projets de développements.

Il observait exactement les mêmes règles que d'habitude cette année : pas d'Internet, ne consulter ses mails qu'une fois par jour, ne prendre aucun appel professionnel… Bref, éliminer toute distraction pour permettre à ses objectifs d'apparaître plus clairement. Et pourtant la concentration lui faisait défaut. Enfin, pas tout à fait, il était entièrement concentré… mais pas sur l'avenir de son entreprise. À la place, une femme occupait toutes ses pensées. Il n'arrivait pas à croire qu'il lui avait parlé de Daniel. Quand Lottie lui avait posé ces questions sur sa famille, il avait eu envie de lui dire la vérité. Ou au moins, une parcelle de la vérité. Il avait besoin qu'elle comprenne à quel point cette rencontre avec Daniel avait été décisive dans sa vie. C'était à ce moment qu'il avait compris qu'un jour il aurait besoin d'un refuge, d'un endroit à lui, loin de sa famille. Il les aimait de tout son cœur, mais il ne pouvait pas vivre avec eux.

Alors qu'il pouvait vivre avec Lottie et Sóley !

En fait, c'était déjà le cas. Et il ne voulait pas que ça s'arrête. Surtout pas après ce dont il avait été témoin la veille. Voir sa fille faire ses premiers pas, la rattraper avant qu'elle tombe… Il n'avait jamais été aussi fier de sa vie, ni aussi terrifié. Que se passerait-il le jour où il ne serait pas là pour la rattraper ?

Il avait été sur le point de demander à Lottie de rester plus longtemps, pour toujours peut-être. Mais à cet instant elle lui avait proposé de lui envoyer la vidéo pour sa famille, et quelque chose en lui s'était figé.

Il avait été paralysé par la peur. Une peur incontrôlable, au goût amer. Et il détestait voir ce sentiment dicter sa vie. Mais comment faire s'il lui demandait de rester et qu'il se rendait compte que, comme les autres membres de sa famille, il se laissait guider par la passion plutôt que la raison ?

Impossible. Il avait passé sa vie à maîtriser et séparer ses émotions.

Il laissa son regard se perdre vers la fenêtre. Après des jours entiers passés dans la grisaille, un ciel parfaitement bleu s'étendait majestueusement au-dessus des champs enneigés.

C'était une magnifique journée. Et tandis qu'une idée faisait son chemin en lui, il sentit un sourire étirer ses lèvres. Il savait ce qu'il pouvait offrir à Lottie pour lui montrer sa reconnaissance. Ce serait une première pour lui, mais elle le méritait. Il tira son téléphone de sa poche.

— Ivar, j'ai besoin que tu sois prêt dans une heure. Non, juste pour la journée. Merci.

Le visage pressé contre la vitre, Lottie regardait les champs enneigés défiler sous ses yeux. C'était son second vol en hélicoptère et, cette fois encore, elle ignorait tout de sa destination. Mais, avec la main de Ragnar glissée dans la sienne, son état d'esprit était bien différent de celui du jour de son arrivée : l'excitation avait remplacé l'angoisse.

Soudain, Ragnar se pencha vers le pilote.

— Juste après la crête.

— Oui, monsieur.

Puis, il se tourna vers elle.

— Plus que quelques minutes, murmura-t-il à son oreille, avant de poser les lèvres sur sa bouche pour un baiser passionné qui la laissa pantelante.

Moins de trois minutes plus tard, ils avaient atterri. La neige volait autour des pales d'hélicoptère, et Lottie rabattit sa capuche sur ses cheveux.

— Par-là, cria Ragnar en lui prenant la main.

Ils se frayèrent un chemin à travers la neige, à flanc de colline. Tout à coup Lottie se figea. La mer venait d'apparaître, s'étendant à perte de vue face à eux, bordée d'une petite plage abritée. Sauf qu'au lieu d'être jaune pâle le sable était d'un noir profond.

— C'est de la lave, expliqua Ragnar, quand elle se pencha pour saisir une poignée de sable. Quand la coulée atteint la mer, elle refroidit brusquement et se solidifie. Enfin, c'est l'explication officielle, mais je ne peux m'empêcher de chercher les dragons à chaque fois que je viens ici.

— Qu'est-ce qu'on attend alors ? Partons à leur recherche, s'exclama-t-elle joyeusement.

Quel endroit incroyable ! Jamais elle n'aurait même imaginé qu'un tel lieu puisse exister. À part le bruit des vagues se brisant sur le rivage et le cri occasionnel d'un oiseau marin, le silence était absolu.

— Ça te plaît ?

Elle se contenta d'acquiescer, se refusant à troubler la magie du lieu par le son de sa voix.

— Assez pour rester déjeuner ?

Déjeuner ?

— Où veux-tu déjeuner ?

C'est à cet instant qu'elle le vit. Au bout de la plage, un grand feu brûlait, entouré de larges coussins disposés à même le sol. Un panier de pique-nique avait été posé sur ce qui semblait être une table sculptée dans la glace.

— Comment…

Avant qu'elle ait pu finir sa phrase, Ragnar l'avait attirée dans ses bras et caressait sa joue du bout des doigts.

— C'est ma façon de te remercier. Pour hier et pour le reste. Pour me laisser une place dans la vie de Sóley.

Il l'embrassa, et elle répondit à ce baiser de tout son cœur. Elle était trop émue pour parler, et c'était encore le meilleur moyen d'exprimer les émotions qui tourbillonnaient en elle. Quand il s'écarta enfin, elle était à bout de souffle.

— Comment as-tu préparé tout ça ?

— C'est Signy et Ivar qu'il faut remercier.

— Mais c'était ton idée ?

— Je ne voulais pas me contenter de te dire ce que je ressentais, je voulais te le montrer.

Instinctivement, elle se hissa sur la pointe des pieds et l'embrassa une nouvelle fois. Quand il l'attira à lui avec un soupir rauque, elle se dégagea.

— Tout à l'heure, d'abord, on mange ! annonça-t-elle avec un sourire malicieux.

Comme toujours, Signy avait préparé un véritable festin : des petits pains farcis, une crème d'artichaut dans laquelle tremper des bâtonnets de légumes croquants, le tout accompagné de cidre chaud aux épices et d'un *kleinur* – une pâtisserie islandaise à la cannelle.

— Signy est un génie, déclara-t-elle quand elle se sentit enfin incapable d'avaler la moindre bouchée supplémentaire. Tu te sens mieux ? ajouta-t-elle, avec légèreté.

Il l'attira à lui et plongea son regard brûlant dans le sien.

— Non. Mais je pense que ça ne va pas tarder.

Le cœur battant, elle lui sourit. Elle se sentait merveilleusement bien. Plus légère, plus apaisée, plus heureuse en fait. Pour la première fois depuis sa rencontre avec son père, elle ne cherchait plus sa place dans le monde. Avec Ragnar, elle se sentait unique, en sécurité.

Mais ses propres sentiments n'étaient pas les seuls dans la balance, se rappela-t-elle avec un pincement au cœur. Et Ragnar ne lui avait donné aucune raison de croire que quoi que ce soit avait changé entre eux et que cette escapade était plus qu'une façon de lui témoigner sa reconnaissance.

— C'est toujours aussi vide, par ici ? demanda-t-elle avec un regard à la ronde. Chez moi, il y a toujours quelqu'un en train de promener son chien ou des adolescents qui font un feu de camp, sur la plage.

— Personne ne vient ici parce que c'est une plage privée.

— C'est ta plage ? s'exclama-t-elle, stupéfaite.

— Elle fait partie du domaine. Et c'est probablement une bonne chose : il y a beaucoup d'espèces protégées ici, ça serait catastrophique si des hordes de visiteurs envahissaient la plage.

Il sembla hésiter avant de reprendre.

— En fait, tu es la première à mettre les pieds sur cette plage après moi. Et Sóley et toi êtes les premières personnes à séjourner chez moi.

Les premières ? Elle ne comprenait pas. Comment était-ce possible ? Pourquoi ? Et, surtout, pourquoi avait-il décidé de le lui dire maintenant ?

— Pourquoi est-ce que tu n'as jamais invité personne avant ? demanda-t-elle, l'estomac noué.

— Je ne voulais personne chez moi, avant vous. Je viens ici pour m'échapper, répondit-il sans croiser son regard.

Elle savait, bien sûr, que c'était ici qu'il prenait de la distance avec son travail. Mais elle devinait à sa voix, à la soudaine rigidité de sa posture, qu'il ne parlait pas uniquement de son travail.

— C'est la raison pour laquelle tu allais chez Daniel ? Pour t'échapper ?

— En gros, oui, répondit-il sans quitter l'horizon des yeux. Ce n'était pas une période facile à la maison, mes parents se disputaient beaucoup. C'était l'été juste avant leur divorce.

— Qu'est-ce qui s'est passé, après ?

— Ils se sont remariés. Plusieurs fois chacun, d'ailleurs. J'ai quatre beaux-pères et trois belles-mères, deux sœurs, un frère et les quatre autres sont des demi-frères et sœurs. C'est assez compliqué et mélodramatique.

— Comment ça ?

— Oh tu sais, tous les ingrédients d'un bon feuilleton télévisé : jalousie, infidélités, jeux de pouvoir et d'orgueil.

— Mais tu les aimes ?

À cette question, le visage de Ragnar se détendit enfin, et ses yeux se mirent à briller.

— Immensément. Mais ici, face à la force de la nature, ça semble… déplacé ? Tu vois ce que je veux dire ?

Pour être honnête, pas tout à fait. Mais il faisait un effort pour partager quelque chose d'intime avec elle. Et pour ça, elle était reconnaissante.

— Oui, acquiesça-t-elle.

Ragnar la serra plus étroitement contre lui.

— J'espérais que tu comprendrais. Et aussi, je voulais te demander : est-ce que tu accepterais de rester un peu plus longtemps ?

— Combien de temps ? demanda-t-elle, le cœur battant.

— Jusqu'à Noël ?

— Noël ? parvint-elle à murmurer dans un souffle, la gorge nouée par l'émotion.

— Si tu as d'autres projets, je comprends, bien sûr. C'est juste que j'aimerais vraiment passer les fêtes avec… Qu'on les passe ensemble. Tous les trois. En famille.

« En famille… » Tandis que les mots faisaient leur chemin en elle, Lottie sentit une immense vague d'espoir l'envahir. Était-il possible qu'il… ? Non ! Elle s'était juré de ne plus projeter ses propres attentes sur les autres. Elle devait garder la tête froide.

— Tu n'es pas obligée de décider tout de suite, ajouta-t-il.

En effet. Et, pourtant, inutile de faire semblant d'hésiter. C'était ce qu'elle désirait aussi. Plus que tout.

— J'adorerais, se contenta-t-elle de répondre.

Alors, il glissa les mains dans ses cheveux et attira son visage vers lui.

— Je ne sais pas où tout ça va nous conduire, mais je sais que je ne veux pas que ça s'arrête. Pas encore.

Cette fois, impossible de réprimer l'espoir qui gonflait son cœur. C'était comme si sa poitrine s'apprêtait à exploser. Elle tenta une nouvelle fois de garder son calme. En vain. Le sentiment de bonheur, d'excitation qui l'envahissait était plus fort que tout.

— Moi non plus, répondit-elle simplement.

Pas encore. Jamais.

Ragnar ne lui avait rien promis. Son horizon semblait se limiter à Noël. Et pourtant elle s'en moquait. Son cœur battait quand même plus fort que jamais.

Elle était tombée amoureuse.

Chancelante, elle se rattrapa à lui. Amoureuse ? Cela semblait si évident à présent. Et au fond d'elle-même, ne l'avait-elle pas toujours été ? Depuis cette toute première nuit à Londres ?

Mais c'était la première fois qu'elle en avait une conscience si aiguë. Une conscience qui lui brûlait les veines. Elle voulait, non, elle avait besoin de le lui dire, de le lui crier. Mais c'était impossible. Elle ne reproduirait pas l'erreur qu'elle avait commise avec son père en se rendant si vulnérable. Si Ragnar la rejetait, elle ne le supporterait pas.

Alors, pour empêcher les mots de franchir ses lèvres malgré elle, il n'y avait qu'une solution. Elle l'embrassa passionnément, furieusement, jusqu'à ce que la puissance de leur désir lui fasse oublier tout le reste.

9.

— Est-ce que tu as froid ?

Lottie leva les yeux vers le visage de Ragnar et secoua la tête. Ils étaient allongés sur un luxueux tapis de fourrure blanche, au pied du lit de Ragnar, entièrement nus. La chaleur qui émanait du corps de son amant se propageait en elle, et elle se sentait merveilleusement bien. Seulement...

— Non. Mais, je voulais te demander... Sur quoi est-on allongés, exactement ?

Au cœur de la passion, le contact de la fourrure contre sa peau lui avait semblé incroyablement érotique, mais à présent, elle se posait la question. Jusqu'à présent, il y avait eu une telle urgence, une telle frénésie, dans leur façon de faire l'amour, qu'il n'y avait jamais eu de place pour les discussions, comme s'ils avaient une conscience aiguë que leur temps était compté. Mais à présent qu'ils avaient décidé de s'octroyer plus de temps, quelque chose avait changé, une nouvelle sorte d'intimité pouvait s'installer entre eux.

— J'espérais que tu ne me poserais pas cette question, laissa-t-il tomber.

— Quoi ? Pourquoi ?

Il poussa un soupir.

— Elle est fausse.

Lottie éclata de rire.

— Tu m'as bien eue ! J'ai cru que tu allais me dire que c'était un ours polaire ou un phoque.

Elle fit mine de rouler sur le côté pour s'éloigner de lui, mais il la ramena sous lui et lui maintint les bras au-dessus de la tête. Elle sentit son corps s'enflammer sous son regard bleu.

— Je ne suis pas un sauvage.

— Dit-il, allongé dans la plus parfaite nudité sur un tapis de fourrure…

Un vrai sourire se dessina sur le visage de Ragnar. Et c'était un spectacle éblouissant. Il ne souriait pas souvent, mais c'était à chaque fois un petit miracle, capable de réchauffer chaque fibre de son corps.

— Je ne suis pas allongé sur un tapis de fourrure, je suis allongé sur toi.

Il bougea contre elle et plaqua son torse contre sa poitrine tendue.

— C'est vrai… mais je ne suis pas sûre que ça ne fasse pas de toi un sauvage.

Du bout de la langue, il caressa sa bouche.

— À quoi tu penses ? demanda-t-il

— Que j'ai envie de toi.

Un éclat brûlant s'alluma dans le regard de Ragnar et, d'un mouvement, il les fit tous deux basculer pour qu'elle se retrouve sur lui. Elle suivit avidement du regard le contour des muscles de son torse et commença à les caresser du bout des doigts. Il attrapa sa main pour la retenir.

— Attends.

Mais elle ne pouvait pas attendre. Alors, elle se mit à onduler contre lui, à se presser contre son corps. Elle saisit son visage entre ses mains et se pencha sur lui pour l'embrasser passionnément, jusqu'à ce que leurs deux corps tremblent de plaisir.

— Je veux te sentir en moi, murmura-t-elle.

Sans un mot, il la fit rouler sur le tapis et se redressa pour prendre un préservatif dans la table de nuit. Elle le regarda enfiler le préservatif et referma les doigts sur son sexe dressé. Le visage tendu, le corps brûlant, il se mit à bouger au rythme de ses caresses. Elle accéléra le mouvement.

— Non. Pas comme ça.

Avec douceur, il la fit se retourner sur le ventre et glissa une main sous elle, qu'il fit glisser sur sa poitrine, le long de son ventre, entre ses cuisses.

C'était délicieux. Elle était prête, elle voulait…

Elle le guida en elle et commença à bouger contre lui, au rythme des battements de son cœur. De plus en plus vite, de plus en plus fort, jusqu'à ce qu'ils atteignent la jouissance dans un même cri.

Ragnar se redressa sans bruit, attentif à ne pas réveiller la femme qui dormait contre lui. Il était tôt. Bien trop tôt pour se réveiller, mais les questions qui tournaient en boucle dans son esprit ne lui laissaient aucun répit.

Plus il mettrait de distance entre lui et le corps nu de Lottie, mieux il pourrait réfléchir.

Il referma doucement la porte de la chambre, descendit au salon et remit une bûche dans la cheminée avant de s'installer sur le canapé qui lui faisait face. Cela faisait bien longtemps qu'il ne s'était pas retrouvé dans cette situation, à regarder le feu brûler aux premières heures de l'aube. Presque vingt ans pour être précis. À l'époque du mariage de ses parents, quand ces quelques heures, bien que sombres et glaciales, étaient les seules où il pouvait profiter du calme auquel il aspirait.

À ce moment précis, l'écran de son téléphone s'alluma. Un message de sa mère. Il fit défiler la liste des notifications. Il y avait aussi quatre appels de Marta. Il esquissa un sourire à la pensée de l'indignation qu'avait dû ressentir sa sœur quand elle n'avait pas réussi à le joindre. Marta n'avait pas l'habitude, mais il ne laissait plus son téléphone allumé la nuit, maintenant qu'il était avec Lottie.

Maintenant qu'il était avec Lottie… Ses propres pensées le prenaient par surprise. Qu'est-ce que cela signifiait exactement ?

Jusqu'à Noël, cela voulait dire vivre comme une famille, jouer dans la neige avec Sóley, prendre leur repas ensemble et passer leurs nuits dans les bras l'un de l'autre. Mais après Noël ?

Sur la plage, cela lui avait semblé si évident, si naturel. Il voulait être là pour le premier anniversaire de Sóley, pour son premier vrai Noël. À présent, il comprenait qu'il s'était posé les mauvaises questions. Et il n'avait pas été honnête avec Lottie, en dépit de toutes ses promesses. Mais comment l'aurait-il pu quand il n'était pas honnête envers lui-même ?

Il n'était pas vraiment question de Sóley ici. Ils avaient une véritable relation à présent, une relation qui durerait toute la vie, Noëls en famille ou pas.

Mais Lottie ? Quelle était sa place dans cet avenir ? Lorsqu'ils étaient arrivés en Islande, sa réponse aurait été simple : aucune. Elle était la mère de sa fille, rien de plus. Dans sa jeunesse, il avait eu quelques relations amoureuses, mais aucune n'avait duré et, depuis, il se contentait d'aventures. Il n'avait aucune envie de laisser qui que ce soit s'immiscer dans sa vie.

Mais il avait envie de faire une place à Lottie. Au départ, il n'avait peut-être été question que de désir, de sexe, mais à présent, c'était autre chose. En quelques semaines à peine elle lui était devenue aussi essentielle que l'air qu'il respirait, même s'il n'aurait su mettre de mots exacts sur ce sentiment.

Il plongea son regard dans le feu. Bien sûr qu'il redoutait de voir leur relation basculer vers quelque chose de plus officiel. Tous les couples qu'il connaissait avaient fini par s'entre-déchirer. Il y avait tant de paramètres inconnus…

À moins que ce ne soit pas l'inconnu, mais au contraire tout ce qu'il ne connaissait que trop bien qui le fasse reculer ? Lottie était sensible, fragile, trop pour être lancée en pâture à sa famille. Comment supporterait-elle ce chaos permanent ? Il ne pouvait pas exiger d'elle un tel sacrifice.

Et de toute façon, il ne pouvait pas la présenter à sa famille pour la simple raison qu'il ne leur avait pas parlé de l'existence de Sóley. Cela n'aurait pas dû être une annonce si difficile à faire, mais il les connaissait trop bien, il savait exactement comment ça allait se passer, et c'était bien ce qui le terrifiait. Ils seraient heureux pour lui, bien sûr, mais voudraient s'en mêler. En une seconde, il perdrait tout contrôle sur la situation.

Il leur en parlerait bientôt, bien sûr, mais quand il aurait trouvé le meilleur moyen. En attendant, il gardait Sóley et Lottie pour lui seul.

Sur la plage, c'était sa façon de faire un premier pas. Un premier pas chancelant et hésitant, un peu comme ceux de sa fille… Sauf qu'il n'était pas un bébé. Il était un homme adulte, et il était temps de commencer à se comporter en conséquence. Parce que pour la première fois de sa vie, il avait plus peur de perdre quelqu'un que de la laisser approcher trop près.

Lottie roula sur le ventre et ferma les yeux. Sóley était à la sieste et Ragnar dans son bureau, mais aujourd'hui elle ne se sentait pas d'humeur à dessiner et avait décidé de profiter de ce moment de solitude pour s'offrir un plongeon dans la piscine. Après quelques longueurs, elle s'était glissée dans le sauna et profitait à présent de sa chaleur bienfaisante, allongée sur un banc en bois.

Jamais elle ne s'était sentie si légère. C'était dû à la délicieuse chaleur du sauna, bien sûr, mais aussi à l'invitation de Ragnar. Car cette fois, il s'agissait bien d'une invitation. Pour la dixième fois de la journée, elle dut se souvenir de ne pas s'emballer : il lui avait demandé de rester deux semaines supplémentaires, pas toute la vie. Mais elle avait perçu l'émotion de Ragnar au moment où il lui proposait de prolonger son séjour. Et rien ne l'obligeait à le faire, cela devait au moins signifier qu'il l'appréciait. Cette simple pensée suffisait à faire battre son cœur plus vite. Les yeux toujours fermés, elle s'autorisa à savourer sa joie, tandis qu'une douce torpeur s'emparait d'elle.

Un brusque mouvement d'air la tira de ses pensées. Inutile d'ouvrir les yeux pour savoir que c'était Ragnar.

— Je croyais que tu travaillais.

— C'était le cas. J'ai fini plus vite que prévu. Il faut dire que j'avais une excellente motivation.

Elle le sentit se glisser sur le banc à côté d'elle et ouvrit paresseusement les yeux. Les muscles de son torse et son ventre se détachaient comme du bronze par contraste avec la blancheur de la serviette qu'il avait autour de la taille. Et son regard bleu était fixé sur elle.

— C'est comme ça que tu me vois ? Une sorte de carotte ?

Sans la quitter des yeux, il tendit la main pour détacher la serviette qu'elle avait nouée au-dessus de ses seins.

— Une carotte ? Ce n'est pas vraiment l'image que j'ai en tête, non.

Et, comme pour illustrer ses paroles, il lui souleva le menton et fit doucement glisser sa langue sur ses lèvres offertes. Aussitôt, Lottie sentit le désir s'emparer d'elle. C'était l'effet que Ragnar lui faisait.

— Tu as un préservatif ?

— Non… répondit-il avec un soupir, j'étais tellement pressé de te rejoindre que je n'y ai pas pensé.

Son visage exprimait une telle désolation que Lottie retint un sourire. Il y avait quelque chose d'incroyablement valorisant à se sentir si désirée. Mais il y avait aussi autre chose sur le visage de Ragnar, comme s'il se préparait à aborder un sujet important. Important et peut-être dévastateur.

Le cœur battant, elle le devança :

— Alors on monte dans ma chambre !

— Non. Enfin, ce n'est pas ce que je veux dire. J'en ai envie, mais je dois te dire quelque chose avant. Quand je t'ai proposé de rester jusqu'à Noël… j'avais tort.

Il avait changé d'avis. Lottie sentit son cœur sombrer dans sa poitrine. C'était comme si le banc sous elle s'était dérobé pour la laisser s'écraser sur le sol. Hors de question, cependant que Ragnar ne devine à quel point elle s'était stupidement laissée aller à espérer…

— Je comprends, répondit-elle d'une voix blanche. Tu es très occupé et tu viens déjà de prendre trois semaines de vacances.

— Non ! Ce n'est pas ce que je voulais dire.

Son visage était complètement fermé, jamais elle ne l'avait vu si tendu, même pendant leurs premières entrevues. Il prit une profonde inspiration avant de poursuivre :

— Je t'ai demandé de rester ici jusqu'à Noël, alors que ce que j'aurais dû te demander, c'est… Est-ce que tu accepterais d'emménager avec moi, en Angleterre ?

Si elle acceptait ? Elle ne comprenait pas.

Ragnar lui caressa le visage.

— Je suis désolé. Je ne suis pas doué pour exprimer mes sentiments et j'ai tout fait à l'envers hier. Laisse-moi me rattraper : je veux que tu emménages avec moi. Sóley aussi, bien sûr, mais c'est avec toi que j'ai envie de vivre.

Lottie ne parvenait plus à suivre le fil de ses propres pensées. Il voulait vivre avec elle, leur histoire n'était pas qu'une aventure pour lui. Ce n'était pas une déclaration d'amour, bien sûr, mais il voulait vivre avec elle. Et pour l'instant, elle n'en demandait pas plus.

— Moi aussi j'en ai envie. Mais tu es sûr ?

— Je n'ai jamais été aussi sûr de quoi que ce soit de toute ma vie, répondit-il en l'embrassant.

Il avait tort, il était très doué pour exprimer ses sentiments. Mais il était encore meilleur pour embrasser.

Le reste de la journée passa comme un rêve et, lorsqu'ils se réveillèrent dans les bras l'un de l'autre le lendemain matin, ils firent lentement l'amour, sans se presser, conscients qu'ils avaient à présent un nombre incalculable de nuits et de matins devant eux.

Le soleil commençait à pénétrer dans la chambre, lorsque Sóley se mit à babiller dans la pièce d'à côté. Lottie, se redressa et déposa un baiser léger sur les lèvres de Ragnar.

— J'y vais. Profites-en pour dormir encore un peu.

— Je n'ai plus très envie de dormir… répondit-il en laissant glisser son regard sur son corps nu.

Aussitôt, une flambée de désir l'envahit. Mais un cri impérieux provenant de l'autre côté de la cloison la rappela à l'ordre. Ragnar esquissa un sourire.

— Vas-y, je vais aller faire un peu de sport à la place.

Tout en donnant son petit déjeuner à Sóley, Lottie se surprit à préparer avec plaisir leur repas à Ragnar et elle car Signy avait pris la journée pour rendre visite à sa sœur. Lottie esquissa un sourire. Jamais elle n'aurait imaginé un tel changement encore quelques jours auparavant. C'était comme s'ils avaient réussi à rattraper le mauvais départ qu'ils avaient pris presque deux ans plus tôt. Certes, Ragnar ne lui avait pas dit qu'il l'aimait, mais elle ne l'avait pas dit non plus…

Heureuse, elle souleva Sóley de sa chaise.

— Comment as-tu réussi à te salir autant ? Allez, on va te changer.

Elles étaient encore dans l'escalier quand un bruit de voiture dans l'allée les arrêta, immédiatement suivi par des coups frénétiques contre la porte.

Que faire ? Ragnar ne lui avait pas parlé d'une visite, mais le domaine était si isolé que ça ne pouvait pas être une erreur. Lottie jeta un regard à l'écran de surveillance. Face à la caméra se tenait une jeune femme d'une beauté hors du commun, son fin visage encadré de mèches d'un blond presque blanc.

Et elle pleurait.

Le cœur battant, Lottie ouvrit la porte.

— Enfin ! J'ai cru qu'il n'y avait personne !

Sans lui accorder un regard, la jeune femme s'engouffra dans la maison en tapant frénétiquement un message sur son téléphone.

— Vous pouvez mettre les bagages dans l'entrée, lança-t-elle, sans relever la tête.

Stupéfaite, Lottie se décala juste à temps pour laisser

passer un chauffeur de taxi chargé d'une énorme valise monogrammée.

— Il faut le payer.

Comme Lottie ne bougeait pas, la jeune femme insista :

— Vous comprenez l'anglais, n'est-ce pas ?

Trop abasourdie pour parler, Lottie se contenta de hocher la tête et paya le chauffeur. Puis elle ferma la porte et se tourna vers la femme qui venait de faire irruption dans l'entrée. Cette dernière avait visiblement fini d'écrire son message mais pleurait toujours, sans que les longues traînées de mascara qui marquaient son visage ne diminuent son extraordinaire beauté.

Qui était-ce ?

Avant que Lottie n'ait eu le temps de formuler la question à haute voix, la jeune femme leva vers elle son regard d'un bleu profond. Un regard qui ne laissait aucun doute sur son identité.

— Vous devez être Marta.

— Oui, Ragnar est là ?

— Dans la salle de sport.

Le regard de Marta se posa vraiment sur elle pour la première fois.

— Il doit vraiment être en mode vacances pour vous laisser venir travailler avec votre bébé.

— Oh ! je ne travaille pas pour Ragnar, s'empressa-t-elle d'expliquer. Je suis Lottie, Lottie Dawson. Et voilà Sóley.

Lottie n'avait aucune idée de la façon dont Marta allait réagir à cette annonce, mais s'il y avait une réaction qu'elle n'attendait pas, c'était bien le regard empli d'incompréhension qui la fixait en ce moment même.

— Qui ?

— Lottie, répéta-t-elle en tentant de contenir le tremblement de sa voix.

Elle détestait la façon dont Marta semblait à peine la survoler du regard, sans lui accorder la moindre importance. Mais, surtout, elle détestait que cette femme n'ait pas la moindre idée de qui elle était, ni de sa relation avec

Ragnar. En un instant, toute idée de bonheur et de légèreté s'était envolée.

Lottie inspira profondément pour s'imprégner du parfum réconfortant de sa fille, blottie dans ses bras. Que dire à Marta ? La vérité ? Comment aurait-elle pu le faire alors que Ragnar avait si manifestement décidé de garder l'existence de sa fille secrète ? Mais pourquoi garder un tel secret envers sa sœur ? N'en avait-il parlé à personne ?

— Marta ?

Le cœur battant, Lottie se tourna vers l'escalier où Ragnar venait d'apparaître, les cheveux encore mouillés de la douche qu'il venait visiblement de prendre.

— Qu'est-ce que tu fais là ? demanda-t-il en descendant les dernières marches.

Marta s'effondra en sanglot et se précipita dans les bras de son frère.

— Je vous laisse, murmura Lottie en se dirigeant vers l'étage.

Ragnar et elle auraient beaucoup de choses à se dire, mais pour l'heure, il semblait évident que sa sœur avait besoin de lui et que c'était la priorité.

Entièrement concentrée sur Sóley, elle tenta tant bien que mal de ne pas penser à ce qui se jouait au rez-de-chaussée. Sa fille semblait perturbée. Elle avait sans doute absorbé une part de la détresse de Marta. Dieu merci, elle était trop petite pour comprendre la trahison par omission de son père.

Il n'avait rien dit à sa sœur ! Cela n'avait aucun sens, il lui parlait presque tous les jours ! Est-ce qu'il ne voulait pas la perturber dans cette période difficile ? Ou est-ce qu'il avait décidé de parler aux différents membres de sa famille chacun leur tour ?

Un bloc de glace à la place du cœur, Lottie contempla sa fille enfin endormie sur le tapis. Même sans parler de ses yeux d'un bleu si unique, la ressemblance avec Ragnar et Marta était flagrante. C'était la forme de sa mâchoire, le dessin de sa bouche…

Elle releva les yeux vers la porte. Ragnar était là. Adossé au mur, il semblait épuisé, complètement défait. Sur une impulsion, elle traversa la pièce et l'attira dans ses bras. Quand il lui rendit son étreinte, elle sentit l'étau qui lui enserrait le cœur se relâcher un peu.

Puis, il souleva doucement leur fille dans ses bras et la posa dans son berceau.

— Descendons, chuchota-t-il.

Au rez-de-chaussée, l'entrée et la cuisine étaient vides.

— Est-ce que Marta va bien ? demanda-t-elle enfin.

— Ça va aller.

— Elle doit avoir faim, je peux lui préparer quelque chose.

— Ce n'est pas la peine.

— Ça ne me dérange pas.

— Non, ce n'est pas la peine parce que Marta n'est pas là.

— Où est-elle ? demanda Lottie sans comprendre.

— À Reykjavik, dans un hôtel.

— Mais elle était bouleversée, elle ne devrait pas rester seule… Tu devrais essayer de la rattraper.

— Ça serait absurde, puisque c'est moi qui lui ai demandé de partir, répondit-il le visage dur.

— Tu lui as… Mais pourquoi ? s'exclama Lottie.

— Cette maison, c'est chez moi, et j'ai des règles. Marta le sait et elle les a délibérément enfreintes. Elle sait que les visites ne sont pas les bienvenues ici.

— Mais, c'est ta sœur.

Il haussa les épaules.

— Raison de plus. Je ne veux pas que ma famille vienne ici. C'est un endroit où je me ressource. Je ne veux pas de leurs psychodrames sous mon toit.

Enfreindre des règles ? Pas de psychodrame ? De quoi parlait-il ? Partagée entre la colère et l'incompréhension, Lottie tenta de maîtriser le tremblement de sa voix.

— Mais tu les aimes.

— Bien sûr. Et je le leur prouve chaque jour de nombreuses manières. Tout ce que j'exige en échange, c'est qu'ils suivent mes règles, et la plus importante est de ne jamais arriver chez moi sans me prévenir.

À son ton, on aurait pu croire qu'il lui expliquait un raisonnement mathématique, ou un phénomène physique, certainement pas qu'il parlait de sa famille.

— Mais l'amour n'a pas de règle…, murmura-t-elle.

— Ce qui explique pourquoi tant de gens sont malheureux en amour, répondit-il en la défiant du regard.

Un regard dans lequel elle ne retrouvait pas la moindre trace de l'étincelle qui l'animait encore quelques heures plus tôt. Ses yeux étaient redevenus d'un bleu glacial.

— J'aime ma famille, mais je ne peux pas… Je refuse de vivre avec eux. Je sépare les différents aspects de ma vie, et ça marche très bien comme ça. C'est ma façon de vivre.

— C'est pour ça que tu n'as pas parlé à Marta de Sóley ? parvint-elle à demander, la gorge nouée.

La vérité se refléta dans son regard avant même qu'il n'ouvre la bouche pour répondre. Lottie chancela sous le choc.

— Oui.

— Est-ce que tu as parlé de nous à qui que ce soit ?

Pour toute réponse, Ragnar se contenta de secouer la tête.

Lottie inspira profondément. Non, ça ne pouvait pas lui arriver. Pas une fois de plus ! Exactement comme avec son père, ils s'étaient rencontrés trop tard. Ragnar, l'homme qu'elle aimait, l'homme dont elle voulait être aimée, en était incapable. Jamais il ne pourrait lui offrir ce dont elle rêvait. Et elle avait été tellement occupée à s'imaginer un avenir radieux, qu'elle n'avait pas vu ce qui se jouait juste sous ses yeux.

— Et si je te disais que je t'aime, murmura-t-elle dans un dernier sursaut, est-ce que ça changerait quelque chose ?

Une fois de plus, il se contenta de secouer la tête, le regard vide.

— Je veux rentrer. Je veux rentrer en Angleterre, tout de suite.

Les mots avaient franchi ses lèvres sans même qu'elle

en ait conscience. Mais elle ne les regrettait pas. C'était la meilleure chose à faire.

Ragnar regarda un long moment devant lui sans répondre, puis, enfin, il rompit le silence.

— Je vais prévenir Ivar, je te laisse faire tes bagages.

Et sans même croiser son regard, il sortit de la pièce.

10.

Perdu dans ses pensées, Ragnar se tenait immobile face au feu de cheminée. Il était chez lui, dans son refuge, et pourtant il ne s'était jamais senti si étranger à lui-même, comme à la dérive. Il aurait été incapable de dire ce qui le perturbait le plus : que Lottie et Sóley soient parties ou qu'il les ait laissées faire sans réagir.

Il frissonna. La maison ne lui avait jamais semblé si froide et elle était bien trop calme. Plus que calme, elle était vide. Désespérément vide.

Un carnet jaune, à moitié dissimulé sous un coussin du canapé attira son attention. Le carnet de croquis de Lottie. Machinalement, il commença à en parcourir les pages, chaque nouveau dessin accentuant un peu plus sa douleur.

Qu'avait-il fait ? Ou plutôt… Pourquoi n'avait-il rien fait ? Comment avait-il pu rester là, à les regarder partir, sans même tenter de les retenir ?

C'était ridicule. Il venait de demander à Lottie d'emménager avec lui. Pour la première fois de sa vie il avait rêvé à un avenir différent, loin de la compartimentation rigide qui avait dicté ses choix jusqu'à présent. Pour la toute première fois, l'avenir lui semblait souriant, lumineux auprès de Lottie et Sóley.

Et puis Marta était arrivée, traînant dans son sillage sa cohorte habituelle de catastrophes. Aussitôt le désordre s'était emparé de la maison, les nuages gris avaient remplacé la lumière. Alors, il avait agi. Il n'était bien sûr pas question d'abandonner Marta, et il avait tenté de lui apporter tout le réconfort possible, mais il ne pouvait tout simplement pas la laisser s'installer chez lui. Il ne pouvait pas laisser sa famille semer le désordre dans son seul refuge.

Était-ce si difficile à comprendre ? En tout cas, Lottie avait refusé de faire cet effort. Jamais il n'oublierait l'expression meurtrie de son visage quand il lui avait laissé entendre que rien n'avait changé, alors qu'elle venait de lui déclarer son amour.

Il aurait voulu trouver la force de réagir autrement. Hélas, l'apparition brutale de Marta lui avait fait l'effet d'un électrochoc, le cuisant rappel d'une vérité immuable : laisser les émotions gouverner sa vie menait au chaos et au désespoir. À cette pensée, la peur avait pris possession de lui. Une peur hideuse mais toute puissante qui l'avait empêché de laisser éclater sa joie quand Lottie lui avait ouvert son cœur. Une peur qui lui avait soufflé que c'était sans doute la meilleure solution quand Lottie avait exigé de rentrer à Londres. Mais ce n'était pas le cas.

La laisser partir était la plus grosse erreur de sa vie.

Lottie leva les yeux vers le ciel gris du Suffolk, et de gros flocons vinrent voltiger autour de son visage. Il ne manquait plus que ça ! Comme si elle avait besoin d'une raison de plus de penser à Ragnar aujourd'hui. Pas une seconde il n'avait quitté ses pensées depuis leur départ précipité et, pourtant, il n'avait pas donné le moindre signe de vie. Pas un mot en trois semaines. Pas de coup de téléphone, pas de SMS, pas même une carte d'anniversaire aujourd'hui, pour la première année de leur fille.

La colère et la tristesse se disputaient en elle. Comment pouvait-il se montrer si cruel et punir Sóley pour ce qui s'était passé entre eux ? Cela lui semblait si opposé à son caractère ! Mais qu'en savait-elle après tout ? Elle ne le connaissait presque pas.

Quand elle repensait à l'expression lointaine, détachée, de son visage quand elle lui avait avoué qu'elle l'aimait, les larmes lui venaient toujours aux yeux. Mais, aussi, quelle idée de lui faire cette confession alors qu'elle venait de l'entendre parler avec une telle froideur de sa propre famille. Bêtement, naïvement, elle avait cru que cela serait important pour lui, qu'elle était importante pour lui.

Ce n'était pas le cas.

À présent, de retour chez elle, elle avait du mal à comprendre comment elle avait pu se laisser aveugler à ce point. Elle avait tellement voulu croire à l'histoire qu'elle s'inventait qu'elle avait pris le désir pour de l'amour.

Lottie retint ses larmes. Elle était stupide. Et égoïste. À cause de son inconscience, sa merveilleuse petite fille devrait grandir sans père.

— Lottie ?

La voix de Lucas la tira de ses pensées, et Lottie essuya discrètement ses larmes. Si elle devait retenir une chose positive de ce désastre, c'était à quel point, malgré leurs différences, Lucas, Izzy et elle formaient une famille unie.

Depuis la seconde où elle avait franchi le seuil de la maison, le visage baigné de larmes et le cœur en miettes, Lucas et Izzy s'étaient montrés d'un soutien sans faille. Elle avait traversé les premiers jours dans un état de choc, telle la survivante d'un naufrage : incapable de se lever ou de s'habiller, physiquement malade, le corps traversé de crampes. Et chaque seconde, malgré les désillusions, malgré la colère, Ragnar lui manquait. Les nuits étaient horribles, mais l'aube pire encore, car chacune annonçait une nouvelle journée sans Ragnar. C'était sa famille qui lui avait permis de reprendre le dessus, jour après jour.

Elle plaqua un sourire sur ses lèvres et se tourna vers Lucas.

— Lottie… On s'était mis d'accord : pas de larme aujourd'hui !

— Je ne pleure pas, je le jure ! C'est juste le vent.

— Alors tu as décidé ?

De quoi est-ce qu'il parlait ?

— Décidé quoi ?

— La balançoire, répondit-il avec un soupir. C'est pour ça qu'on est sortis, pour choisir où on l'installait, tu t'en souviens ?

Lottie sentit les larmes lui nouer la gorge.

— Je suis désolée, répondit-elle faiblement.

— C'est moi qui suis désolé, s'exclama Lucas en l'attirant dans ses bras. Je ne devrais pas reporter ma colère sur toi.

— Tu n'as aucune raison de t'excuser, tu as été merveilleux.

— Je veux le tuer, tu sais, pour ce qu'il vous a fait à Sóley et toi.

Lottie esquissa un sourire.

— Retiens-toi. On a trop besoin de toi pour que tu finisses en prison.

Il lui rendit son sourire.

— Alors choisis où tu veux cette balançoire.

Une heure plus tard, la balançoire était installée, et Izzy vint les rejoindre dans le jardin, Sóley dans les bras.

— Bravo ! Elle est magnifique. Tu veux essayer Sóley ?

La petite fille éclata en sanglots dès que sa grand-mère tenta de l'asseoir sur le siège en bois.

— Laisse-moi essayer, maman.

Lottie souleva sa fille dans ses bras et la serra contre elle.

— Regarde ce qu'oncle Lucas a fabriqué pour toi. Ça te plaît ? demanda-t-elle doucement.

Sóley lui rendit son sourire mais, à la seconde où elle essaya de la poser sur le siège, la fillette se remit à pleurer en s'accrochant à son cou de toute la force de ses petits bras. Depuis qu'elles étaient rentrées, Lottie ne reconnaissait plus sa fille. Le bébé toujours joyeux et si facile à vivre avait disparu. Sóley ne supportait plus de quitter ses bras et se réveillait plusieurs fois chaque nuit. Elle aurait voulu se dire que c'étaient les dents, ou le changement de rythme, mais elle savait qu'il n'en était rien. Ragnar lui manquait, à elle aussi.

Comme si elle lisait en elle, sa mère lui posa un baiser sur la joue.

— Vous allez vous en sortir. Tu es plus forte que tu ne le crois. Et Sóley s'habituera. Les enfants sont très résilients.

— Je ne veux pas qu'elle ait à être résiliente.

— Je sais ma chérie, mais tu n'as pas le choix. C'est comme ça. Regarde tout ce que je vous ai fait vivre à Lucas et toi : pas de père, ces déménagements incessants, ces changements d'écoles, jamais les vêtements à la mode…

— Ce n'était pas si terrible, répondit Lottie.

— Tu plaisantes ? C'était affreux : surtout les vêtements ! s'exclama Lucas.

Lottie esquissa un sourire.

— Quoi qu'il se passe, tu étais toujours là pour nous, maman. J'ai tellement de chance de t'avoir dans ma vie.

C'était une telle évidence. Pourquoi ne le lui avait-elle jamais dit avant ? Obnubilée par leur différence, elle avait été si proche d'oublier tout ce qui les liait.

— Moi aussi j'ai de la chance de t'avoir, maman, mais ne t'imagine pas que ces déclarations d'amour t'autorisent à venir à la fête d'anniversaire de Sóley habillée d'une de tes tuniques bizarres, renchérit Lucas.

Cette fois, Lottie éclata franchement de rire. C'était si bon !

— Allez les enfants, je prends Sóley avec moi pour qu'elle fasse la sieste. Inutile de protester Lottie, tu as besoin d'un peu de temps pour toi aujourd'hui. Allez, viens Lucas, déclara Izzy.

Lottie installa sa fille dans la voiture et les regarda disparaître sur la route. Puis, elle rentra dans le jardin et s'assit sur la balançoire, le regard tourné vers le ciel. Elle se sentait triste bien sûr, mais rien à voir avec le désespoir des premiers jours. À présent, elle savait que sa mère avait raison : elle viendrait à bout de ce vide immense qui s'était creusé en elle. Parce qu'elle était forte. Et c'était justement pour cette raison qu'elle allait mettre sa tristesse de côté et offrir un anniversaire digne de ce nom à sa fille.

Ragnar Stone avait décidé de ne pas venir à l'anniversaire de sa fille, il était hors de question que son ombre ne gâche la fête.

Un bruit de moteur la tira de ses pensées. Sa mère avait dû oublier quelque chose et envoyer Lucas le chercher. Elle entendit la voiture s'arrêter devant la maison, un bruit de pas sur le gravier et, enfin, le portillon du jardin s'ouvrir. Ce devait être Lucas. Leur mère se débattait toujours avec la poignée rouillée.

— Qu'est-ce que vous avez oublié ? cria-t-elle. Je parie sur ton téléphone ou le sac de maman !

— Je n'ai rien oublié, j'ai laissé quelque chose m'échapper.

Lottie se figea. Ragnar était là, debout au bout du jardin, son regard bleu posé sur elle, égal à lui-même. Elle sentit la tête lui tourner.

— Qu'est-ce que tu fais là ? demanda-t-elle dans un filet de voix.

— Je suis venu te parler.

Cela semblait si facile pour lui. On aurait dit qu'il passait dans les environs et qu'il avait décidé de venir lui dire bonjour. Alors qu'il ne lui avait pas donné le moindre signe de vie depuis des semaines. Depuis deux semaines et six jours pour être précise. Elle inspira profondément.

— Au cas où tu l'aurais oublié, c'est l'anniversaire de notre fille aujourd'hui. Je n'ai pas vraiment le temps de discuter.

— Je sais que c'est son anniversaire et je veux la voir. Mais je dois te parler avant.

Elle se leva d'un bond.

— Ce que tu as à dire ne m'intéresse pas, Ragnar. Tu crois vraiment que tu peux réapparaître brutalement pour son anniversaire ? Ça fait trois semaines !

— Je sais. Je ne suis pas fier de la façon dont je me suis comporté.

— Moi non plus.

Il laissa échapper un soupir.

— Tu as le droit d'être en colère.

— En colère ? Tu crois que je suis en colère ? Non, je suis blessée.

Les bras croisés sur la poitrine, elle tenta tant bien que mal de contenir ses larmes.

— Je suis désolé, murmura-t-il en faisant un pas vers elle, vraiment désolé. Je ne voulais pas te blesser. Je voudrais ne jamais te blesser.

— Tu me blesses en ce moment même. En venant ici, chez moi, alors que je commence juste à aller mieux.

— Je devais venir. Je n'avais pas le choix. Il fallait que je te voie.

— C'est fait. Tu peux partir maintenant.

Comme il ne bougeait pas, elle insista.

— Je t'en prie. Va-t'en ! dit-elle dans un sanglot.

En quelques pas, il l'avait attirée dans ses bras.

— Donne-moi une chance.

Elle le repoussa.

— Pourquoi ? Pour que tu m'envoies une nouvelle fois mon amour à la figure ? C'est trop tard. Plus rien n'est possible pour nous.

— Je t'aime.

— Non ! s'exclama-t-elle. Non ! Tu n'as pas le droit de dire ça ! Je te l'interdis !

— Je croyais que l'amour n'avait pas de règle ?

À présent qu'il était si proche, elle pouvait voir de larges cernes foncés sous ses yeux. Il avait l'air épuisé… et d'avoir perdu du poids. Mais ce n'était pas son problème ! Elle n'était pas responsable de la souffrance de cet homme !

— Tu ne m'aimes pas. Et, surtout, je ne t'aime plus. C'est fini.

— Je ne te crois pas, répondit-il en la défiant du regard. Je crois que tu m'aimes encore Lottie. Et je sais que je t'aime.

Il voulut prendre sa main, mais elle se dégagea.

— Et tu crois que ça suffit ? Que fais-tu de ta règle de séparer tous les aspects de ta vie ?

— Je ne peux pas être séparé de toi. Je pensais que

je le pouvais, que c'était la meilleure solution, mais j'ai besoin de toi.

— Alors pourquoi m'as-tu laissée partir ?

Il enfouit le visage dans son cou et, cette fois, elle se laissa faire.

— Parce que j'avais peur.

— Peur ? De quoi ? demanda-t-elle dans un souffle.

— De mes sentiments. De ce que je ressens quand je suis avec toi, répondit-il, la voix tremblante. Dans ma famille, tout le monde se laisse guider par ses émotions et, quand j'étais petit, ça m'effrayait, ces déchaînements de passion. J'étais terrifié. Alors, quand j'ai rencontré Daniel et découvert qu'il y avait une façon plus apaisée de vivre, je me suis juré de ne jamais me laisser aspirer dans ce genre de spirale.

Il inspira profondément avant de reprendre.

— Je n'aurais jamais dû te laisser partir. Ça me détruisait, mais je me répétais que c'était la meilleure solution, que je ne serais jamais l'homme dont tu avais besoin, que je finirais par te blesser.

La peur ? Lottie sentit son cœur se remettre à battre. Cela expliquait tant de choses. Ce n'était pas par indifférence qu'il avait renvoyé Marta à Reykjavik, ni qu'il avait maintenu leur existence secrète. C'était encore la peur qui l'avait empêché de s'ouvrir à elle.

— Qu'est-ce qui a changé ? demanda-t-elle doucement.

— Moi. J'ai compris que je n'avais pas le choix. Je ne peux pas vivre sans vous, je deviens fou.

Ragnar était là, face à elle, il lui ouvrait son cœur et, pourtant, Lottie n'osait s'autoriser à espérer, terrifiée à l'idée de se tromper une fois de plus. Il lui serra la main.

— Je ne pensais pas que ça pourrait m'arriver, de tomber amoureux comme ça. Et puis c'est arrivé, et j'ai eu peur de ne pas être l'homme qu'il te fallait. Dans ma famille, ils deviennent fous quand ils sont amoureux, et je ne voulais pas leur ressembler. Mais j'étais tellement concentré sur cette idée que j'en ai oublié tout ce que j'aimais chez eux, leur générosité, leur façon d'ouvrir leur cœur.

— Je comprends.

Il plongea son regard dans le sien.

— Est-ce que tu le pensais, tout à l'heure, quand tu as dit que tu ne m'aimais plus ?

— J'aimerais pouvoir te répondre que oui, mais je n'y arrive pas.

Avec un soupir de soulagement, il l'attira à lui et l'embrassa.

— Je t'aime, chuchota-t-il.

— Je t'aime aussi.

— Assez pour m'épouser ?

Avant qu'elle ait pu répondre, il avait mis un genou dans l'herbe et lui présentait une bague sertie d'un magnifique saphir du même bleu que ses yeux.

— Laisse-moi faire ça mieux. Lottie Dawson, acceptes-tu de devenir ma femme ?

Incapable de prononcer le moindre mot, le visage inondé de larmes, elle hocha la tête.

— Ça veut dire oui ?

— Oui. Oui, ça veut dire oui !

— Et maintenant ? demanda-t-elle tandis qu'il glissait la bague à son doigt.

— Maintenant, on rattrape le temps perdu, répondit-il dans un baiser.

Épilogue

Six mois plus tard...

Lottie jeta un regard par la vitre de l'hélicoptère. Pourquoi était-ce si long ? Ils devraient être déjà arrivés, non ? Malheureusement, le paysage qui défilait sous ses yeux ne lui était pas d'une grande aide pour se repérer : les champs qui s'étendaient à perte de vue n'avaient plus rien à voir avec le paysage enneigé qu'elle avait traversé un peu plus de six mois plus tôt. À présent, cela ressemblait plutôt à un patchwork géant, un peu dans l'esprit de son projet d'arts plastiques de sixième... Elle éclata de rire.

— Qu'est-ce qui t'amuse autant ?

Lottie sourit à son frère.

— Rien, je pensais à un de mes anciens projets d'arts plastiques.

— D'accord... Rassure-moi : tu as pris ton petit déjeuner ?

— Oui, du müesli, un yaourt et des fruits. Alors, tu en penses quoi ?

— De ton petit déjeuner ? À moins que tu parles de... tout ça ? demanda-t-il en désignant le paysage. Qu'est-ce que tu veux que je dise ? C'est spectaculaire ! Je comprends pourquoi tu aimes autant ce pays.

C'était la première visite de Lucas en Islande, et Lottie sentit le soulagement l'envahir : il partageait son enthousiasme.

— Tu l'aimes bien, n'est-ce pas ? demanda-t-elle, le regard baissé sur sa bague de fiançailles.

Ce jour-là, lorsque Ragnar et elle étaient arrivés ensemble dans le jardin d'Izzy, elle avait cru que son frère allait en venir aux mains. Heureusement, la joie de Sóley qui s'était élancée en babillant vers son père l'avait retenu. Depuis, leurs relations s'étaient réchauffées.

— Il y a pire, répondit-il avec un haussement d'épaules. Je veux dire, ça ne sera probablement jamais mon meilleur ami, mais il se débrouille au billard.

Comme elle posait sur lui un regard incertain, il leva les yeux au ciel.

— Je l'aime bien, d'accord ? Il est intéressant, on peut discuter de beaucoup de choses, il est généreux sans en faire trop… Oh ! et il a de très très jolies sœurs, ajouta-t-il avec un sourire, avant de poursuivre. Surtout, je l'aime bien parce que je vois qu'il te rend heureuse.

— C'est vrai, je suis heureuse.

Les six derniers mois n'avaient pas toujours été faciles. Ragnar avait décidé de faire face à sa famille, de vaincre ses peurs en leur expliquant ce qu'il ressentait depuis l'enfance. Le chemin avait été long et parfois douloureux, mais il l'avait fait pour eux, pour leur avenir. Rencontrer sa famille avait été une épreuve terrifiante. Ils étaient tous si beaux, si riches, si excessifs ! Mais ils l'avaient aussitôt accueillie comme une des leurs. Ils lui avaient ouvert leur cœur.

— Tu avais promis de ne pas pleurer.

Lottie sourit à son frère en essuyant furtivement ses yeux. L'hélicoptère avait commencé sa descente. Dès qu'il fut posé, Lucas sortit de l'habitacle et lui tendit la main.

— Laisse-moi te conduire à ton futur mari.

Son futur mari. Ragnar.

Le cœur battant, les jambes tremblantes, elle saisit la main de son frère et commença à remonter la plage de sable noir vers l'homme qu'elle aimait. L'homme qu'elle allait épouser

— Elle est là.

Ragnar tourna vivement la tête dans la direction que son frère – et témoin – lui indiquait. Elle était venue ! Elle était là ! Un poids dont il n'avait même pas eu conscience s'envola de ses épaules.

— Est-ce que j'appelle les demoiselles d'honneur ? ajouta Rob.

Un peu plus loin, Sóley et Marta, main dans la main, couraient avec des éclats de rire pour échapper à son frère Gunnar, leurs cheveux blonds scintillant comme de l'or sous le soleil d'été.

— Non, elles ont l'air de bien s'amuser.

Le cœur gonflé de joie, il regarda le reste de sa famille réunie en demi-cercle sur le côté. Son regard s'attarda sur chacun d'entre eux, passant d'un visage souriant à l'autre. Tout le monde avait l'air de s'amuser. Et aucun drame n'était venu assombrir la journée. Il était conscient de l'effort qu'ils faisaient tous, pour lui, parce qu'ils l'aimaient. Et il les aimait aussi. Sauf qu'à présent c'était un amour apaisé, tellement plus facile à vivre au quotidien. Et tout cela, il le devait à l'incroyable femme qui s'avançait vers lui sur le sable noir.

Celle qui l'avait rendu plus fort. Et plus doux aussi. Avec elle et Sóley, l'amour semblait si facile et naturel. Comment avait-il pu vivre si longtemps sans elles ?

Depuis qu'il avait laissé une plus grande place à sa famille dans sa vie, ils semblaient paradoxalement moins en demande, plus détendus. Sa vie était devenue bien plus amusante. Plus passionnée aussi… et tendre. Parce qu'il avait dans sa vie, une femme aussi lumineuse et chaleureuse que le solstice d'été, et c'était la raison pour laquelle il avait choisi cette date pour leur mariage.

Ragnar ajusta les manches de sa veste de costume et prit la main de Lottie qui venait de s'arrêter face à lui, son doux visage inhabituellement sérieux. Le cœur battant, il plongea son regard dans celui de celle qui était sur le point de devenir sa femme.

Elle était d'une beauté renversante. Sa robe, ajustée à la taille avant de s'évaser en cascades de tulle blanc, formait un contraste saisissant avec le noir du sable. Elle tenait à la main un bouquet de fleurs sauvages ramassées par Sóley et Marta plus tôt dans la journée, et ses cheveux étaient rassemblés en un chignon bohème, bas sur sa nuque.

Elle n'avait jamais été aussi belle. Comment avait-il pu être assez chanceux pour que le destin lui offre non pas une, mais trois chances avec cette femme ? Trois chances qui n'avaient rien à voir avec la rigueur mathématique, trois chances chaotiques et passionnées, comme l'amour.

— Tu es magnifique, murmura-t-il, tandis que l'officiant avançait vers eux.

Ils échangèrent leurs vœux le regard baigné de larmes, des larmes qu'il n'aurait jamais autorisées à couler avant de la rencontrer.

— Vous pouvez vous embrasser, en tant que mari et femme.

Ils firent chacun un pas l'un vers l'autre et, au moment où il se penchait sur elle, elle se hissa sur la pointe des pieds pour l'embrasser, doucement d'abord, puis de plus en plus passionnément, sous les applaudissements de leurs familles réunies.

— Je n'arrive pas à croire que nous sommes mariés, murmura-t-elle, les yeux baissés vers son alliance.

— Et je n'arrive pas à croire que je nous ai fait attendre si longtemps. Mais je voulais absolument que ce soit aujourd'hui, ajouta-t-il en l'embrassant une nouvelle fois.

Le cœur débordant d'amour, Lottie leva les yeux vers son époux. Il avait insisté pour cette date, et elle avait accepté sans poser de question, elle savait que c'était un jour de fête en Islande. Mais, à présent, elle devinait qu'il y avait une autre raison.

Elle lui caressa amoureusement la joue.

— Pourquoi aujourd'hui ?

— C'est le solstice d'été, répondit-il la voix tremblant d'émotion. Ça veut dire que le soleil ne se couchera jamais sur le jour de notre mariage. J'aime cette idée.

— Moi aussi, répondit-elle, les yeux et la gorge emplis de larmes contenues. Je t'aime.

— Et je t'aime aussi. Tellement.

Pendant un moment, aucun d'eux ne parvint à parler, mais ça n'avait aucune importance. Parfois les mots sont inutiles.

Retrouvez en décembre 2020, dans votre collection

AZUR

La promise de Noël, de Lynne Graham - N°4279

Leo Romanos est un homme d'affaires et certainement pas du genre à s'encombrer d'une famille. Seulement, quand à la veille de Noël il se retrouve brusquement tuteur de ses quatre neveux orphelins, il n'a d'autre choix que de trouver une épouse pour l'épauler. Aussi se résout-il à demander en mariage la jolie Letty, qui a cruellement besoin d'argent pour sauver sa famille de la ruine. Entre eux, il ne s'agira que d'un pur arrangement… s'il parvient à ignorer l'attraction qui le pousse vers son innocente promise !

La dette de Monte-Carlo, de Caitlin Crews - N°4280

« Vous m'avez sauvée. » Si Julienne est de retour au Grand Hôtel de Monte-Carlo, c'est dans le but de rencontrer Cristiano Cassara. Dix ans plus tôt, l'homme d'affaires l'a tirée de la misère pour lui offrir un travail et une nouvelle vie – sans jamais rien demander en retour. Toutes ces années, Julienne a pensé à son bienfaiteur et à la façon dont elle pourrait le remercier. Et, aujourd'hui qu'il pose sur elle ce regard intense qui a hanté ses nuits, elle sait exactement comment lui payer sa dette…

Un trône pour Samia, de Susan Stephens - N°4281

Bientôt, Luca Fortebracci accomplira son destin royal. Il montera sur le trône de Madlena, au côté de l'épouse idéale qu'il aura choisie. Pourtant, avant cela, il compte bien profiter de ses derniers instants de liberté sur son luxueux yacht. Au cours de sa croisière en Méditerranée, il rencontre la mystérieuse Samia. Belle, mais loin de posséder les attributs royaux qu'il recherche chez sa future femme, elle l'attire irrésistiblement. Au point que Luca, tout en sachant qu'ils n'ont aucun avenir ensemble, décide de la séduire…

Scandaleuse nuit londonienne, de Lucy King - N°4282

Nom : Kate Cassidy. Ville : Londres. Expériences sentimentales : aucune.
En rejoignant une agence d'escort-girl pour arrondir ses fins de mois difficiles, Kate n'a pas l'intention d'offrir à ses clients autre chose que des conversations sages au restaurant. Hélas, Theo Knox, le meilleur ami de son frère, s'est mis dans la tête de la protéger des hommes trop entreprenants. Et pour cela, c'est lui-même qui veillera sur elle – chaque jour et peut-être la nuit aussi…

Un prince pour patron,
de Michelle Conder - N°4283

Pour Cassidy, être l'assistante personnelle de Logan d'Arrantino est un défi quotidien. Non seulement elle travaille sans relâche pour satisfaire son patron intransigeant, mais il lui faut surtout taire les sentiments qu'elle éprouve secrètement pour lui. Hélas, leur relation se complique encore quand Logan est brusquement contraint de devenir roi. Car il exige que Cassidy l'accompagne en son palais…

La fuite d'une héritière, de Susan Meier - N°4284

En tant que riche héritière, Morgan a toujours fait ce que sa famille attendait d'elle. Pourtant, alors que son père la conduit à l'autel, elle prend soudain conscience qu'elle ne veut pas de ce mariage huppé – et encore moins de celui qu'elle s'apprête à épouser. Alors elle fuit ! Bientôt rattrapée par Riccardo Ochoa, l'associé de son père chargé de la ramener à la maison, elle parvient à le convaincre de lui accorder deux semaines. Deux semaines de liberté qui, passées au côté du bel Espagnol, pourraient bien devenir pure volupté…

L'époux grec d'une princesse,
de Julia James - N°4285

Pour sauver de la faillite sa famille exilée, la princesse Elizsaveta est prête à tout. Et même à contracter un mariage de convenance avec un homme qu'elle ne connaît pas ! Dès ses noces avec Leon Dukaris, son sens du devoir est pourtant mis à rude épreuve. Entre Leon et elle, le désir est sauvage, irrépressible. Or, si Leon a clairement énoncé qu'il ne sera jamais question d'amour entre eux, Eli sent poindre en elle des sentiments sincères et inavouables pour son époux grec…

Le secret d'Enzo Cardinali,
de Jackie Ashenden - N°4286

SÉRIE : *HÉRITIERS ITALIENS* - 1/2

Cela fait quatre ans qu'Enzo Cardinali tente d'oublier la passion qu'il a connue avec la douce Matilda. Or, alors qu'il pensait ne jamais revoir celle qui l'a quitté sans un mot d'adieu, voilà qu'il la retrouve sur une île des Cotswolds… dotée d'un petit garçon. Un enfant qui a les mêmes yeux dorés que lui. Dès lors, Enzo est résolu à revendiquer sa paternité et à révéler au monde que le royaume de Monte Santa Maria a désormais un héritier !

L'enfant des dunes, d'Annie West - N°4287

SÉRIE : *FRÈRES DU DÉSERT* - 1/2

Enlevés dans le désert, retenus captifs dans une même cellule sombre... Ashraf et Tori unissent leurs forces et leurs corps, durant une nuit aussi dangereuse que voluptueuse. Sauvés in extremis le lendemain, tous deux sont hélas séparés. Aussi, c'est avec stupeur que Tori retrouve Ashraf quelques mois plus tard. L'homme qu'elle croyait mort se révèle être le prince de Za'daq, et il ignore encore qu'un bébé est né de leur étreinte inoubliable...

Une étreinte royale, de Jennifer Faye - N°4288

SÉRIE : *LE NOËL DES CATTANEO* - 2/3

Le poids des responsabilités pèse lourd sur les épaules de Noémi, puissante héritière de la dynastie Cattaneo... Durant une nuit à Milan, pourtant, elle oublie ses soucis entre les bras du sublime Max dont elle ignore tout. Quelle n'est pas sa stupéfaction de le retrouver trois mois plus tard dans la station de ski familiale de Mont-Cœur et de découvrir que Maximilien est prince ! En cette veille de Noël, doit-elle lui révéler que leur étreinte passionnée n'a pas été sans conséquence, puisqu'elle attend un enfant de lui ?

À la merci du milliardaire russe, de Dani Collins - N°4289

Cent mille livres contre une nuit de passion ? Claire sent un mélange de honte et de colère l'envahir. Pour qui la prend Aleksy Dmitriev pour oser lui faire une telle proposition ? Bien sûr, elle a plus que jamais besoin de cet argent – puisque ce même Aleksy vient de détruire sa vie – mais, si cet odieux milliardaire pense pouvoir acheter ses faveurs, il se trompe lourdement ! Et elle va le lui dire. Sauf que, sous le regard brûlant d'Aleksy, Claire sent malgré elle une fièvre inconnue s'emparer de tout son être. Pour une nuit, une seule, peut-elle céder au désir que lui inspire cet homme qui ne voit en elle qu'une vulgaire croqueuse de diamants ?

Composé et édité par HarperCollins France.

Achevé d'imprimer en octobre 2020.

CPI
BLACK PRINT

Barcelone

Dépôt légal : novembre 2020.

MIXTE
Papier issu de sources responsables
FSC® C108412
FSC
www.fsc.org

Pour limiter l'empreinte environnementale de ses livres, HarperCollins France s'engage à n'utiliser que du papier fabriqué à partir de bois provenant de forêts gérées durablement et de manière responsable.

Imprimé en Espagne.

OFFRE DÉCOUVERTE !

Vous souhaitez découvrir nos collections ? Recevez **votre 1er colis gratuit*** **avec 2 cadeaux surprises** ! Une fois votre colis de bienvenue reçu, si vous souhaitez continuer à recevoir nos livres, cela se fera automatiquement. Vous recevrez alors vos livres inédits** en avant-première.

Vous n'avez aucune obligation d'achat et cette offre est sans engagement de durée !

*1 livre offert + 2 cadeaux / 2 livres offerts pour la collection Azur + 2 cadeaux. Les collections Gentlemen et Aliénor démarrent avec le 1er colis payant.
**Les livres Ispahan, Sagas, Best-Sellers Féminins, Gentlemen et Hors-Série sont des réédités.

☛ COCHEZ la collection choisie et renvoyez cette page au
Service Lectrices Harlequin – CS 20008 – 59718 Lille Cedex 9 – France

Collections	Références	Prix colis*
❑ **AZUR**	Z0ZFA6	6 livres par mois 28,79€
❑ **BLANCHE**	B0ZFA3	3 livres par mois 23,65€
❑ **LES HISTORIQUES**	H0ZFA2	2 livres par mois 16,59€
❑ **ISPAHAN**	Y0ZFA3	3 livres tous les 2 mois 23,35€
❑ **PASSIONS**	R0ZFA3	3 livres par mois 25,09€
❑ **SAGAS**	N0ZFA3	3 livres tous les 2 mois 27,66€
❑ **BLACK ROSE**	I0ZFA3	3 livres par mois 25,09€
❑ **VICTORIA**	V0ZFA3	3 livres tous les 2 mois 25,69€
❑ **GENTLEMEN**	G0ZFA2	2 livres tous les 2 mois 17,35€
❑ **BEST-SELLERS FÉMININS**	E0ZFA2	2 livres tous les 2 mois 18,75€
❑ **ALIÉNOR**	A0ZFA2	2 livres tous les 2 mois 17,35€
❑ **HORS-SÉRIE**	C0ZFA2	2 livres tous les 2 mois 17,35€

N° d'abonnée Harlequin (si vous en avez un) ____________

Mme ❑ Mlle ❑ Nom : ____________

Prénom : ____________ Adresse : ____________

____

Code Postal : ______ Ville : ____________

Pays : ____________ Tél. : ____________

E-mail : ____________

Date de naissance : ____________

❑ Oui, je souhaite recevoir par e-mail les offres promotionnelles des éditions Harlequin.
❑ Oui, je souhaite recevoir par e-mail les offres promotionnelles des partenaires des éditions Harlequin.

Date limite : 31 décembre 2020. Vous recevrez votre colis environ 20 jours après réception de ce bon. Offre soumise à acceptation et réservée aux personnes majeures, résidant en France métropolitaine, dans la limite des stocks disponibles. Prix susceptibles de modification en cours d'année. Vous pouvez demander à accéder à vos données personnelles, à les rectifier ou à les effacer. Il vous suffit de nous écrire en nous indiquant vos nom, prénom et adresse à : Service Lectrices Harlequin CS 20008 59718 LILLE Cedex 9. Service Lectrices disponible du lundi au vendredi de 8h à 18h : 01 45 82 47 47.